*이 책은 인송문학촌 토문재 입주작가로 선정되어 집필활동한 저자의 토문재 인문기획
강을 주제로 초대한 시화집 사진전으로 해남문화관광재단 지원을 받아 출간했습니다.

풍경에게 말을 건네다

조용연 글·사진

1판 1쇄 발행 | 2023. 10. 20

기획 | **인송문학촌토문재**
대표자 | 박병두
전라남도 해남군 송지면 땅끝해안로 1629-20
대표번호 | 061-535-3259
이메일 | insonpbd@hanmail.net

발행처 | **Human & Books**
발행인 | 하응백
출판등록 | 2002년 6월 5일 제2002-113호
서울특별시 종로구 삼일대로 457 1409호(경운동, 수운회관)
전화 | 02-6327-3535~7, 팩스 | 02-6327-5353
이메일 | hbooks@empas.com

ISBN 978-89-6078-771-1 03810

풍경에게 말을 건네다

조용연 글·사진

인송문학촌토문재

차례

낙동강 수계권역

시인의 말

강을 따라 오래도록 달렸다.

두 바퀴로 달리며 강둑길에서 본 산하의 풍경은 늘 내게 말을 걸어왔다.

속으로만 응답하던 말을 이제사 꺼내 놓는다.

강은 '국토의 주름살'이다.

그 요철의 언덕이 산이고, 골짜기가 강이다.

강가에 어울려 사는 사람들의 이야기는 무심한 풍경이 되어 흐른다.

결코 잊을 수 없는 아픔까지도 짐짓 잊은 듯 무심을 가장하고 있는지도 모른다.

그 장엄한 풍광, 역사의 상처, 허술한 오늘까지

그 대화는 오래도록 나의 저장고에서 저온으로 익어왔다.

한국의 국가하천 모두를 살피며 달리는 일은 2013년에 시작하여 2018년에야 끝났다.

저 심산 발원지 옹달샘에서 시작해 대개는 바다에 가 닿는 종착지까지의 여정이다. 자전거로 누빈, 짧지 않은 여행이었다.

그렇게 만난 산하는 사진이 되고, 시어로 버무린 작업에 꽤 오랜 시간이 걸렸다.

그냥 풍경에 묻고 답하던, 사진과 시가 어울려 포토 포임(Photo Poem)이 되고, 비로소 강의 아픔과 무심까지 들여다보는 풍경화가 되었다.

그사이 문학의 지형도에는 '디카시'라는 새로운 형태의 장르가 생겨나기에 이르렀다. 아마 이 시집도 자리를 매긴다면 그런 범주에 들지 않을까 싶다.

이제 갈무리 했던 말을 추려 내, 한 권의 시집 『풍경에게 말을 건네다』로 펴내게 된 것은 소중하기 그지없다. 더구나 이 땅의 땅끝 해남 인송문학관 '토문재'에서 마무리 짓게 된 것은 분명 내게 과분하다.

올여름 입주작가로 선정되어, 문향 넘치는 해남과 인연을 좀 더 끈끈하게 맺은 덕이다.

달마고도를 한 바퀴 돌며 서해와 남해의 기운을 한눈에 담고, 땅끝에 서서 허허바다를 한가득 안았으니 앞으로 시작(詩作)에 더 큰 영검이 있으리라 믿는다.

2023년 10월
조용연

동해 바다로 간 한강 물

한강물이 사라졌다
골지천이 없어졌다
홀연 사라진다는 게 가능한 일인가
백태 낀 혓바닥, 강바닥엔 노란 들꽃이 조의를 표한다
물은 산을 넘지 못 한다 하지 않았나
검룡의 전설로 문신한 육수의 잠행이다
집단 탈영이다
순전히 반란이다
절대 앞서지 않는 물의 순명에 대한 모반,

백두대간의 척수임을 보여 주려 한 걸까
조탄 사람들만 아는 향도의 방향 전환
석회암 돌을 갉아 돌다 환선굴 깊은 점프대에 선다
버둥거리다 떨어지는 물 한 방울,
세월없이 자라나는 고드름, 그 끝에 기둥이 자리 잡을 때
신선과 함께하는 유희, 폭포와 무지개의 군무
골지천 종자로 오십천에 싹을 틔운 채
아! 동해, 바다라고 꼭 덧붙여야 할 푸른 개활지 임무 끝

사라진 척후대,
한참 뒤에 온 증원군
돌 끝 여울로 울다 말라버린 조탄마을로

장마가 지나서야 귀영했다

다시 광동호에서 대오를 짓고 군장을 꾸리는 한양 천리

멀다

　삼척 하장 35번 국도변 조탄 마을 부근에서 갑자기 골지천의 물길이 사라진 것은 내겐 충격이었다. 강물이 통째로 한 방울도 남김없이 사라지다니. 이곳 사람들은 다 아는 사실을 나는 들어 본 적이 없었다. 백두대간 태산준령을 지하로 숨어, 환선굴이 있는 삼척 대이리 동굴지구를 지나, 오십천으로 흘러 동해로 간다는 사실, 석회암지대의 조화다. 어쩌면 택리지의 이중환이 오대산 우통수를 한강 발원의 적자로 지목한 것은 저간의 사정까지 다 알고 있었던 것 아니었을까.

송해 오빠, 송해 선생님

딩동댕
마을이 달떠 오른다
일요일 한낮이 넉넉해진다
세월 가 좋은 게 추억밖에 없는 줄 알았는데
송해 선생이 거기 있다
'전국노래자랑'은 주말이면 여는 국민축제다

익살로 무릎을 꿇어 보듬는다
네 살배기가 부르는 '송해 오빠'를
아가 단풍같은 손등에 남기는 입맞춤으로
세상을 안는다
키가 작아 우리 곁에 더 잘 어울리고
배가 나와 우리 배도 덜 부끄럽다
아흔 고개에 무대 한가운데 그득해 부럽다

아주까리 등불 너머로 그리운 어머니, 실향
나팔꽃 인생으로 매듭짓는 허허로운 날들
가난한 유랑의 막간, 악극단 무대의 잔영
여전히 정정하다. 그 내공으로
송해 선생님,
딩동댕

'전국노래자랑'은 말 그대로 '고을 잔치'가 아니다. 2014년 여름, 영월군이 들썩거렸다. 한번 지나가면 몇 년 뒤에나 올지도 모를 국민잔치의 현장 녹화다. 당연히 아흔 고개 송해 선생의 익살이 우리를 잡아끈다. 우리는 선생이 100세에도 이 무대에 서 있기를 소망했다. 나이 들어간다는 것이 상실이 아니라, 세대를 이어주는 따뜻함으로 기억되기를 원해서다. 아무도 따라 하지 못할 신기록을 위한 팔도 순례, 만세 송해 오빠, 송해 선생님도 가셨다. 이젠 우리 곁에 안 계신다.

꽃단풍 건너 저 편으로

새벽을 안고 있던 안개가 흔들린다
고요 위에 수만 갈래로 야지랑거린다
그물을 당긴다
침묵의 파문(破門)이다
살자고 소리쳐도 몸짓뿐
철렁 두엇, 파문(波文)에 새긴 안간힘이다

은회색 안개
은회색 비늘
은회색이 헤엄치던 내 우주의 절멸

나의 궁전
그 빛나던 시대
갈겨니 혼인색(婚姻色) 닮은 꿈
이제야 눈을 뜬다
하늘이 내 고향하고 참도 닮았다

맑아서 시린 아침 사립문 앞
동무해 가자고
하마 채근하던 가을 꽃 단풍

단양으로 견지낚시를 가면서 만난 충주호의 아침, 게으르게 피어오르는 안개 사이로 아침 그물을 걷는 어부의 모습은 경건한 의식 같았다. 맑은 물에 사는 갈겨니는 토종물고기다. 제 수명이 다해 갈 즈음에 오렌지빛 혼인색으로 화장하고, 짝을 짓고 세상을 떠난다. 하필 그 해 단풍은 왜 그리 물길 백 리 골짜기를 불태우고 있었는지.

정방사 하늘길

금수산 신선봉 겨드랑이를 껴안고
천오백 년을 살아왔다.
바위가 지붕이라 석간수도 깊고 차다.
스승이 던진 지팡이가 날아와 앉은 벼랑에
매달린 절, 그저 고졸하다.

대웅전을 둘 형편 아니어서 나직한 관음보살좌상이 조촐하다.
삼십육 방향 두루 통하고 이르면 그게 성불의 길,
월악산 영봉 물그림자 비치는 날 태평성대 온다 했는데
지금 물그림자 선명해도 세간 바람에 일렁일 뿐
누가 흔드는가, 누가 흔들리는가
높아서 하늘을 잡아당겨도 젖혀지지 않는 고개
불이문 닮은 돌 틈 계단에서
그저 앙원(仰願)할 뿐, 그저 태울 뿐

지장전 더듬고 가는 바람 소리에 속가(俗家) 천만리 담은 이명(耳鳴),
그 울음 그저 태울 것이다.
비우고 또 비울 것이다.
삼재팔난이 왕겨불 속에서도 꿈틀거리는 마음이거늘

　정방사 지장전 곁 요사채에 군불을 때고 하룻밤 잤다. 6월의 신록 아래서…

　정방사에서 바라보는 청풍호반의 조망은 감탄이 절로 나온다. 대웅전이 없는 절이라 그 어떤 개금불사의 화사함보다 부처님이 더 가깝다. 정방사는 수면 위에서 600m의 절벽에 매달려 있는듯 높은 절이다. 그러니 가파른 길 2km가 하늘로 치달아 있다. 거길 자전거로 단 한 번에 올라온 중년의 라이더, 여인도 있다. 수도 없이 이를 악물었을 것이다. 욕심내지 않고, 서서히 서서히 그리고 위를 쳐다보지 말고, 한번 땅에 발 디디면 지나온 땅이 다 허물어진다고, 가눌 수 없는 숨을 부여잡고 올라왔을 것이다. 인생의 해법이 이 가파른 숲을 오르는 자전거에 있다는 걸 다 깨우쳤다. 그저 원통전 관음보살님께는 숨 돌리고 삼배만 하면 되겠다. 이 정방사 산길을 오르며 스스로 인내를 시험해 보는 것도 좋겠다. 부처님이 보고 계시다.

漢江이 恨江이 아니기 위하여

한강으로 물 같은 세월만 지나간 게 아니다.
무수한 자전거 바퀴만 속절없이 굴러간 게 아니다
짜디짠 소금배도, 수없는 바닥 뗏목도 지나갔다
정치는 뒷걸음으로 갔고, 경제는 제 혼자 굴러갔다

한번 씌운 4대강의 멍에를 풀기에 모두 지쳐 보인다
바른말은 언제나 풀끝의 이슬이거나 바람 앞의 등불이다
담배만 피워 물고 있을 때가 아니라 간장이 녹는다
잘못된 세상의 거푸집엔 목수의 손놀림이 바빠야 한다
비관적 환경론자들이 쓰잘 데 없는 항변만 했다 하지 않겠다
저렇게 단양쑥부정이 살아남은 은공을 모른다 하지 않겠다

국토 종주행 자전거를 타고 정서진에서 다대포까지 가 봐야
쓰라린 물집을 터트리며 호남 들판 해남땅끝까지 걸어봐야
이 땅이 코딱지만하다고 감히 말하지 못 하리라.
허벅지가 벌개지도록 페달을 젓고 저무는 강을 한번 보라
해원 상생의 주문이 왜 이 강가에서 방언처럼 터져나오는지
사라진 목계장터가 왜 눈물겨운 누이의 댕기 맨 뒷태인지

달리다 지쳐 중앙탑 근처에 누워 고구려의 꿈도 읽어보자
우리가 가야 하는 강마을의 희미한 이정표를 다시 보자
눈여겨보지 않는 한 강둑길은 가시박 차지가 되고 말일이다

　　여주 강천 옛 영동고속도로로 이용되던 창내미 고개 근처에서 발견한 '국토종주자전거길' 이정표는 절망이었다. 지난해 4월 지나가다가 본, 처참하게 망가진 이정표였다. 4계절이 바뀌어도 그대로였다. 오늘 4대강은 아비를 아비라 부르지 못하는 '홍길동 신세'다. 행정의 구석구석이 이렇게 버려져 있지 않을까. 서로 내 소관이 아니라고 관리들은 그냥 지나갔을까. 아예 보지도 못했겠지. 부서진 이정표 하나 가지고 호들갑 떤다고 하지 마시라. 찬찬히 들여다보지 않으면 세상은 그저 덤덤한 일상, '그날이 그날'일 테니까⋯

봄은 꿈나라

그 기억이 연분홍 입술 끝에 머문다
두견화 빛 쑥스럽기도 할 나이이련만
설레는 이 빛깔은 바랠 줄도 모른다

손잡는 것만으로는 어찌할 수 없는 새 봄
비로소 발갛게 솜털 뚫고 솟아나는 봄 봄
기어이 내 안에 숨죽여 울고 마는 설운 봄
흐드러지게 피고 주저앉아 버릴 저 미운 봄

세상 떠난 아버지가 부르시던 콧노래
청춘은 봄이요, 봄은 꿈나라
그런 날 있었나 싶게 닮은 꿈나라 속 봄

철없는 내가 다시 불러보는 꿈의 속편
청춘이 부러워 불러보는 목주름 닮은 이 봄
여기 강둑 아지랑이에, 내 봄이 걸터앉아 있네

　뚝섬 청담대교 아래를 지나가다 마주한 핑크빛 자전거 두 대, 청춘들이
세워놓은 사랑의 시그널이다. '사랑한다'라는 말로는 도저히 형용할 수
없는 내 앞의 그대가 사랑스러워 견딜 수가 없다. '사랑은 나비인가 봐'라
고 노래하는 것은 어른들의 문법에서도 사랑이 날아갈까 봐 불안해서다.
부럽다. 부러우면 진다는데, 이미 졌다. 나른한 봄에게

한강의 겨울 풍경

눈이 유난히 많은 올겨울,
서울에도 여러 번 피고 진 도심의 눈꽃
설원이 된 한강 둔치가 아직 무심합니다.
자전거길은 참 긴 겨울 방학 중입니다.
차와 사람이 널찍하게 길을 쓰고 있습니다.
눈 내린 학교 마당엔 강아지의 발자국만 가득하듯

푸석거리는 4대강 사업은 철 지난 사과랍니다.
하필 시절 따라 저잣거리는 시끌시끌합니다.
강물은 얼어붙어 입이 없습니다.
누구 말이 맞는지는 두고 볼 참입니다.
누군가 몰골로 떨고 있겠지요.

목도리 두르고라도 봄날 자전거를 기다리겠지요.
자전거길의 문패는 해방구로 가는 이정표입니다.
4월이 코앞이니 저 길도 긴 기지개 켜겠네요.
바퀴 위에서 꽃샘바람과 함께 속삭이겠네요,

  2012년 2월 밤새 눈이 내린 아침 출근길, 한강을 막 건너면서 순백의 설원이 펼쳐진 한강 둔치가 눈에 들어왔습니다. 이런 눈에 자전거를 타고 나올 사람이 없다는 걸 알면서도 문득 자전거길이 잘 있는지 궁금했습니다. 길섶에는 올겨울 녹지 못한 눈이 켜켜로 쌓여 잠시 정차하기도 쉽지 않았지요. 염치 불고하고 차를 세웠지요. 카메라를 움켜쥐고 다리 난간에 매달렸지요. 겨울은 깊었고, 사람도, 차도 보이는데 자전거는 보이지 않았습니다.

자유로 향한 질주

오늘, 해방이다.
길섶으로 밀려나던 내가 주인이다.
우리 지나가고 난 자리,
이내 차들이 신음할 테지만
이 찬란한 봄을 기다려온 우리들의 군무,
알록달록한 잔치
모두가 환한 북새통

이 짧은 자유로 목마른 한 해를 견디리라.
다시 자동차에 끌려갈 터이지만
이 장쾌한 기억의 숨결로
두 바퀴로 헐떡이는 선언
나를 태워 길을 가는 숭고한 정진
길이 나를 밀어내 앞서게 하는 행렬

여기 이념과 대립의 스모그를 지나
지금 어두운 터널 지나가지만
우리, 자유를 향하고 있다고.
마라톤 한판쯤, 그 끝에 막아선 분단
자유의 질주가 우리의 가장 큰 힘이라고
자유로가 이 땅의 가장 큰길이라고

　　꽤 오래전 어느 해 5월 13일, '하이서울 자전거 대행진'이 있던 날, 강변
북로를 가득 메운 자전거의 행렬, 자동차전용도로를 정지시킨 아날로그
의 힘, 참가자도 놀라고, 구경꾼도 놀란 끝없는 대열, 자전거가 주인이 된
짧은 시간, 자유로를 보는 순간 떠올린 분단의 벽, 나 혼자만의 생각이 '통
일한반도'로 질주한 것일까?

기원도 드러눕다

이제 더 가는 길은 허가를 받아야 한다
그래 봤댔자 이십여 리, 길은 막힌다. 좌향좌
물길도 기가 막혀 뒤집히는 전류리(顚流里)에서
나도 따라 뒤집어진다

철조망을 붙잡고 한탄한들 누가 답하랴
하늘로 솟으라는 기원, 솟대도 드러눕는다
통곡하다, 절규하다, 복장 뒤집혀 쓰러져눕는다

통일을 말하는 숱한 바람이 북서풍으로 분다
태극기는 해풍에 염장된 얼룩 안고 펄럭인다
숨결도 결리게 하는 대륙 발 미세먼지가
낮은 포복으로 건너오는 강둑, 달려본들 무망하다

드러눕는 기원, 어두운 귀를 잡고 소리친다
칠십을 훌쩍 넘겨 늙어빠진 분단에 기가 질린 거냐고
호적(胡笛)을 불고 오던 중공군 누비바지에 손든 거냐고

할애비의 강, 조강(祖江)이 말을 잃었다
강 하나를 사이에 두고 같은 이름 조강포는 둘로 나뉘었다
떠내려온 북의 소, 평화의 소가 자손을 백이 넘게 두고 사라졌어도
평화는 뻔한 허위고, 제 곡조로 부르는 선전이 속내다

드러누운 기원, 닫아버린 귀를 잡고 물어본다
그렇게 그냥 한강 둑에 드러눕고 말 거냐고
뒤집히는 전류리 짠물을 보고만 있을 거냐고

　한강 하구, 김포 하성면 전류리
는 마지막 포구다. 물이 뒤집어져
흐른다는 이름, 하필이면 염원의
솟대가 강바람에 한쪽으로 다 기
울어 있다. 아예 드러누울 태세다.
분단의 철조망 앞에서 기원마저
드러누우면 우린 누굴 믿고 사나.
비 내린 다음 날 북녘 산천은 더욱
명징하고, 잡을 듯 가까워 더 애처
롭다. 이 느낌마저 감상인가. 2017
년 중국발 미세먼지가 사드 역풍
보다 무섭다. 밴댕이 소갈딱지 중
국의 몽리, 당장은 속수무책이다.
견뎌내야 한다. 탄식이라도 못하
면 어찌 견디랴.

절 받으셔요, 선배님

호롱불에 앞머리 후루룩 그슬린 아이들도
기계충이 허옇게 슬은 빡빡머리 동무들도
골짜구니마다 돋아나와 강물 따라 학교에 왔지
십리 사탕 왕눈깔(大玉) 다 녹도록 걸어도 먼
대화장터 길,

아버지는 마분지도 뚫는 연필과
석유 호야를 사서 메고 오셨지
산판(山坂)을 드나들던 제무시 십바리가
장평, 대화, 방림 신작로 흙을 묻혀 왔었지

기차표 통 고무신이 삭아 터질 때까지 놀던
우리들의 운동장이 오늘 따라 좁다
듬성듬성 웃자란 풀이 비루먹은 강아지 털이다
어름치 캠프로 환생한 내 유년의 신전이
너 남직할 것 없이 대처로 떠나간 뒤끝에 졸고 있다

환갑이 청춘이더라도 절 받으셔요, 선배님
고맙다 31기야. 23기 우리가 벌써 환갑이라니
니들 환갑은 누가 챙기냐
서로 맞절이라도 해야지, 누가 있냐
폐교 내력만 대머리 선생님 자리에 화석이 되어 간다

이승복이 내려다보고, 태극기가 펄럭이니 분명 우리 모교다
우린 늙어도 개수리 어르무치다, 평창강 토종

*제무시 십바리: 바퀴가 10개 달린 미국 GMC 제품의 트럭으로 힘이 좋아 산판용
으로는 제격이다. 주로 미군이 불하한 것으로 50~60년대 강원도 등 산간 지역의
주요한 운송수단이었다.
*어르무치: 우리나라 토종물고기인 어름치의 강원도 사투리

시골 분교 터, 대화초등
학교 개수분교, 동문회
체육대회거니 했다. 체육
대회도 못할 만큼 사람
은 적었다. 폐교되어 '어
름치 캠프'로 변한 교정
에서 환갑을 맞은 선배
들에게 하는 큰절, 중년
의 선후배들이 펼치는
아름다운 광경, 학군 따
라 전학을 밥 먹듯 하는
요즘 세태엔 이미 멸종
된 장면이다.

우리는 괴고 1년생

부처의 강 길섶으로
회화나무 그늘이 내려 앉았다
성황당 빌어 얻은 아들의 아들이
괴강에 발 담그고 뜨는 물수제비

소년들의 바퀴는 우정이다
앞바퀴를 넘보지 않고
뒤쳐지지 않는 또 한 바퀴로
연(緣)이 연(緣)의 연(緣)이 된다

체인이다
맞물려 질기다
아우디든, 올림픽이든
굴렁쇠의 동심원으로 간다

아버지의 아버지의 연(緣)으로 만난
길섶 느티나무 아래 그늘
신발 끈 고쳐 맬 때 하냥 기다리는
지긋한 눈길이면 되니까

　부처의 강 달천이 충청북도 괴산에 이르면 '괴강'으로 불린다. '집안에 심으면 행복이 찾아 온다'는 뜻이 담긴 회화나무 '괴(槐)'자를 쓰는 괴산 (槐山)은 백두대간의 언저리답게 골짜기가 깊다. 달천의 조카뻘 되는 성황 천 변에서 만난, 자전거 타는 소년들. 활달하면서도 예절 바른 그들은 스스로 '괴고 1년생'임을 자랑스러워했다. '왕따'니 '학교폭력'이니 하는 그런 말은 느티나무 그늘 아래의 우정에 설 자리가 없어 보였다.

대소원초등학교 2학년

봄볕 따라 아이들이 놀러 나왔습니다.
요도천 강둑은 그들의 놀이터인가 봅니다.
겨울을 지낸 물고기를 낚는 아저씨들을
바라보고 있는 아이들의 귓불이 뽀송합니다.
'대소원초등학교 2학년'이라네요.

아이들의 큰 소원은 무엇일까요?
아빠 엄마가 바라는 큰 소원은 무엇일까요?
옛날에 여기가 '이류면'인걸 아느냐고 물었더니
주저도 없이 모른 다네요.
하기야 알 턱이 없는 나이지요.

일류를 원하는 세상에 이류라니요.
말은 뜻보다 어감이 더 중요한 세상이 되었으니까요.
이류도, 삼류도 저마다 류가 되어 당당하게 살아가는 세상이
진짜 일류가 아닐까 싶습니다.
이름을 바꾼 '이류면'의 진짜 '대소원'은 일류겠지요. 분명

늘 궁금했습니다. 왜 '이류면'일까?

어릴 때 3번 국도를 따라 서울을 오가던 버스에서 본 마을 이름, 사양면이 남양면이 되고, 이북면이 이원면이 되고, 하물며 하동면이 김삿갓면이 되는 세상에 이류면이 그냥 있다면 이상한 것이겠지요. 그냥 이름을 물어보았지요. 대소원초등학교 2학년, 올해 9살 귀여운 학동입니다. 새학기엔 담임선생님이 이름을 부르며 책을 건네주겠지요. 11명이 전부인 급우들 앞에서, 그래도 1학년 때는 8명이었는데 3명이 늘었다고 자랑하는 아이들에게 추억을 선물하고 싶습니다. 자전거를 타고 나간 봄날의 강둑에서 찍은 9살 뒷모습을…

아가 한주먹 무릎에

아가야, 하늘이 파랗지만 참 무거운 거란다.
벌판도 바람도 또 끝 간데 없는 저 길도 그래.
아빠가 네 무릎 만져주는 것은
하늘 무게를 견뎌야 하는 내 아들이니까.
세상 끝까지라도 가야 하는 내 아들이니까.

아빠가 네게 헬멧을 씌워주는 것은
그 작은 머리에 우주가 들어와야 하니까
별이 보이는 언덕에 네 둥지를 틀어야 하니까

내 말 알아들을 때쯤엔 네 가방도 참 무거울 거야
아령도 바벨도 부지런히 들어야겠지.
머리에 살던 우주, 바라보던 세상 모두
네 어깨에 인연으로 내려앉을 테니까.

섬강 자전거길 문막 둔치 공원을 지나다 네 살 된 아들에게 자전거를 태워 주러 나온 한 아빠를 만났다. 헬멧을 쓴 귀여운 아가의 무릎을 풀어주는 아빠의 사랑이 그대로 전해와 한 컷, 내가 '자전거생활' 잡지에 연재를 하고 있다 하자, 그는 "저도 기자인데요" 하며 웃는다. 한 일간지에 근무하며 주말에 집이 문막이라 내려온다고 했다. 이메일로 꼭 자전거를 같이 한번 타자고 정이 듬뿍 담긴 편지를 보내왔다. 여행이 즐거운 또 하나의 이유다.

하동(河童), 나의 아들에게

어디라 말하지 않아도
강가로 달려가는 아들, 너희를 안다.
친구와 술래잡기하는 너희 농사를 안다.
말 배우기 전 너희 농사가 우는 것이었듯이
이제 너희는 어울려 사는 걸 배우면 된다

순정과 열정, 삶 사이에서 서로 살아가는 길
강둑에서 문득 알게 될 게다
석양에 이는 물비늘이 어쩜 저리 반짝이는지
꼼짝 않던 왜가리가 피라미를 어찌 잡아채는지
하얀 손을 하루 종일 흔드는 갈대가 얼마나 힘이 드는지
오늘 저 강 물소리가 어제 것이 아니라는 것까지

물때가 켜로 앉은 바위에 미끄러지지 않게
불법체류 중인 가시박 등살에 긁히지 않게
살피고 살펴서 집으로 돌아올 일이다

울 너머 '저녁 먹어라' 부르는 엄마 없어도
물기를 털고 동테 굴리듯
누런 들판 가로질러 달려오기를
청미천(淸渼川) 이름 닮아
맑고 맑아 아름답기 그지없는 아들이기를

　물 맑고 살기 좋아 천민천(天民川)이라 했다는 한강의 지류인 청미천(淸
渼川)천, 백암 한다리보 근처, 아이들의 재잘거림이 강둑에 가득하다. 저
마다 자전거를 타고 나와 강섶을 뛰어다니는 아이들, 내 유년의 얼굴이다.
인사성까지 밝은 아이들 노는 것을 한참을 바라보며 땀을 닦는다. 강둑길
여행의 명상이 주는 '철학 교실'이다.

사라진 협궤철도, 수여선

수여선, 참 그립지. 우린 그거 타고 용인으로 통학하고, 공부 좀 하는 애들은 수원으로 다녔지. 왜정 때 일본눔들이 놓은 거여.

여주, 이천 쌀 실어 낼라고 놓은 거여. 그눔들이 운임 많이 매길라고 일부러 기찻길을 꼬불꼬불하게 놨다니까.

하루에 4번인가 다녔는데 그땐 채소같은 것 기차에 싣고 수원 화성역에 팔러 갔지. 점심 전에 역 앞에 장이 섰는걸,

통학할 때 나무 의자로 된 기차는 차장이 검표를 못해. 앞뒤 칸으로 못 가니까. 아예 문이 없어. 앞칸 가려면 기차역에서 내려 앞으로 가야 해. 하기야 다 아는 얼굴들이고. 못사는 집 애들은 그냥 타고 다녔어.

수원 시내 들어갈 땐 속도가 그게 한 20km 나 될래나. 수고(수원고) 댕기는 애들은 매교 다리 근방에서 다 뛰어내려 학교 가곤 했지.

시내 기찻길에 여주 남한강 자갈 실어다 깔아 놓으면 동네 사람들이 장독대에 갖다놓느라고 다 퍼가서 기차길이 맨질맨질해서 빨리 못 달렸다는 거여.

그거 뽁뽁이(증기기관차) 힘이 없어. 추석 때 사람 많이 타고 초당골(동백지구 초당역 근처)쯤 오면 어정터널을 못 올라붙는거여. 사람들은 내려서 걷고 기관차는 빠꾸해갖고 석탄 디립다 때서 수증기를 확 불려 가지구 언덕을 채고 올라왔지. 터널 입구에서 기차 기다리며 연애질도 하구.

5·16 나고 얼마 있다가지 아마. 메주고개(용인 멱조현)에서 기차가 넘어져 사람들이 불에 타 죽고 그랬어. 그러다가 기동차로 바뀌었지. 2대로 연결된 거. 짐 놓고 마주보면 사람 지나 댕기기도 어려웠어.

수원, 화성, 원천, (덕곡), 신갈, 어정, (삼가), 용인, 마평, 양지, 제일, 오천, (표교), 유산, 이천, (무촌), (죽당), 매류, (광대리), (연라리), 여주, 아이고 맞나 모르겠네.

근데 철도청 개네들은 괜히 철길을 불하해 가지고, 저거 봐 집들이 가로막고 있잖아. 길이 이어지다가 끊기는 거 아녀.

사진 여주박물관 제공

　사라진 것들에 대한 그
리움은 추억의 빗장을 채
운 그 너머에서 어른거리
는 그림자다. 수여선에 대
한 기억, 화물차와 부딪
혀서 차는 멀쩡하고 기관
차가 전복되었다는 협궤
열차, 길섶에서 만난 촌
로의 기억에는 애틋함이
묻어나 있다. 나의 기억,
그 회로의 터널에도 기적
소리가 공명되어 들리는
듯하다.

겨울 없는 색, 문을 찾다가

겨울을 내다보니 뿌옇다
잔망스런 한숨이 가린 시야다
겨울이 눈동자를 얼려서도 아니다
너나 없이 없는 색에 눈이 풀려서다

일렬의 동행이 그랬다
혼자의 호주머니가 그랬다
나목들이 저마다 키득거리는 게 그랬다
없는 색 검정만으로 우리는 하나 되었다

시인 구중서의 '안'으로 들어가 보면
겨울 '밖'으로 가는 길이 보일까 하여
쪽문을 기웃거려도 겨울조차 잠겼다

봄이 와서야 시인이 '안'에서 손짓할까
없는 색 다 털고 오라할까
없는 색 다 입고 오라할까
끝나기 오 분 전 열어젖힌 영화관 검정 속에
시인은 그 '안'에 여즉 있기나 한 걸까

겨울 문을 못 찾아 내가 시인이라고 했다
이미 '겨울 안'을 깨고 나온 시인이라 했다

육촌만도 못한 내 시는 봄 쑥 한 자 옆에나 서 볼라나
손등이 터진 채로 얼어 바스라 질지도 모르지
없는 색 검정을 닮은 채로
혼자 웅크려 곱사등이로

경안천이 팔당호에 안기기 직전에 '경안천 습지 생태공원'을 만난다. 이 고장이 낳은 시인 구중서의 시 한 편 '안으로 들어가기'가 한 줄기 복음이자, 경책이다. 온통 색깔이 배제된 겨울 깊은 골에 시인은 겨울 속으로 들어가야 봄이 보인다고 말한다. 눈이 멀어 쪽문도 못 찾는 내게 시인이 손짓해도 소용없었다. 내가 시인인 체하다 아마 봄을 맞고 말지도 모르겠다. 봄 쑥이나 냉이만도 못한 제 목숨 그냥 절멸하거나, 절뚝거리며 이 강둑에 나타날지도 모르겠다.

청계천

노숙의 아침

유난히 추웠다.
아렸다.
뼛속까지 시렸다는 문장은
동장군을 업신여긴 푸념이다.

지난겨울을 말하기에는
세상살이 쓴물 가득 찬 관절에
겨울까지 업은 그들이 제격이겠지.
눈떠보니 거리에 웅크리고 있었어
무릎에 들락거리는 바람쯤은 아무것도 아냐
수염에 매달린 고드름이 내 문패인걸

기역자 골목을 무리 지어 다니다가
회전문이 토한 콧김에 엎어치기 한판 당한 바람
이제 걔도 지하도 계단을 내려서 가네
이가 부딪는 소리에 깬 새로 4시
아, 이 새벽 넘으면 남촌이 올까 몰라

　지난해 겨울, 그 겨울도 나름대로 추웠지. 올겨울보다 더했는지. 덜했는지도 아득하다. 급행버스로 출근하던 길, 종로2가를 지나다가 발견한 창밖의 매화꽃 개화, 아, 이 겨울 긴 추위를 이겨냈구나. 더구나 이 도심에서…

　다음 역 조계사에서 내려 다시 걸어가 역광으로 매화꽃에 셔터를 눌렀다. 그리고 나머지 길은 걸어서 서울역까지 왔다. 수염에 콧김이 얼어붙은 노숙인의 눈이 콧물에 절어버린 소매만큼이나 시려 보였다.

이 겨울, 다리 밑에서

바람도 갑갑했는지
다리 아래 포장마차 비닐을 뚫었다
뚫어진 불투명에 대고
사람들이 또 뚫었다
뚫어도 뚫어도 갑갑해선지
허공의 구멍마저 날아가 버렸나 보다

안개를 헤치고 달려온 사람들이
벗어던진 갑갑한 두건
꺼내 든 송년 술 한 병
속이 보이지 않는다
종이 잔 속 그저 탁(濁)하다
허공에다 대고 "위하여"라고 했다
보이지 않는 내일을 보기 위하여

제 색깔 나오지 않는 윤전기 옆
꾸벅꾸벅 졸며 넘긴 세월 한 장 한 장
원컨대 꼬까옷 달력 위에
맞손 잡은 세배 영험하기를
안개 젖은 세월이 뽀송해질 때까지
충무로 뒷골목에 하얀 눈 내릴 때까지

　도봉이 멀리 보이는 다리 밑에서 사람들은 한 해를 마감하는 중이라 했
다. 충무로 인쇄 골목에서 평생을 보낸 가족 같은 사람들이다. 2015년 올
한해 경기에 대해 모두 입을 다물었다. 한숨이 이들의 질주를 삼킬까봐
두려운 듯했다. 그래도 웃었다. 웃지 않는다고 뾰족한 수가 있으랴. 이 겨
울, 다리 밑 작은 건배가 고단한 한해에 대한 위로가 된다면야 기꺼이 합
창해 주리라.

안양천

한 바다, 섬 두엇

한 그늘에 쉬고 있는 것만 같을 뿐
어울리는 시간은 간수 뿌린 두부다
넘지 못하는 노래의 고개
이쪽 저쪽에서 자기 시대를 노래 부른다

할매는 귀엽다 싱긋이 웃고
손주는 냄새난다 찡그리지
할배는 책보를 대각으로 맸고
손주는 빽팩을 소풍가듯 매지

할매는 '6·25사변'이라 하고
손주는 '한국전쟁'이라 하지
할배는 헬멧을 써야만 자전거를 타고
손주는 헬멧을 깔보고 자전거를 타지

달라서 같이 넘기 힘든 고개
그래도 같이 넘어야 덜 힘든 고개
거길 넘는 바람 저 편에
한 물 때 기다리다 저마다 졸고 있는 섬
그래도 손 내밀면 와락 안기는 섬

　여름 한낮. 다리 밑은 시원한 휴게소다. 자전거를 타던 사람들이 모여들었다. 더위를 달려온 자전거는 평상 위처럼 벌러덩 드러누웠다. 어른은 어른들끼리, 아이들은 아이들끼리 저마다의 시간, 저마다의 섬에 머문다. 아이들의 말은 끝없이 샘솟고, 어른들의 말은 이미 말라 버렸다. 물끄러미 쳐다볼 뿐이다. 어른들은 빠짐없이 헬멧을 다 썼다. 어찌 된 일인지 아이들은 약속이나 한 듯 헬멧을 가벼이 여긴다. 어른들이 아이들에게 배워야 하는 시대에 아이들이 모르는 것을 어른들은 다 아는 것 같아 괜히 뿌듯하다.

트럭 위의 밥상

아부지 백 리 안쪽 떠돌던 장터걸에
난전이 선 자리를 허리 졸라 가는 중천
곱삶이 푸성귀 함께 양을 불려 비빈다

헌 지붕 터진 하늘 낙수 지는 처마 밑에
눈물 반 빗물 섞어 들다 마는 찬밥 한 술
허기를 동무하다 만 내 새끼들 울던 뺨

해봐야 평 반 평상 우리 식솔 한 묶음이
저릿한 다리 펴고 올라 앉은 허리 누각
가뭇한 된설움 긁어 고봉 담아낸 이 밥상

*곱삶이: 보리쌀로만 지은 밥, 두 번 삶아 지은 꽁보리밥
*고봉: 수북하게 담은 밥

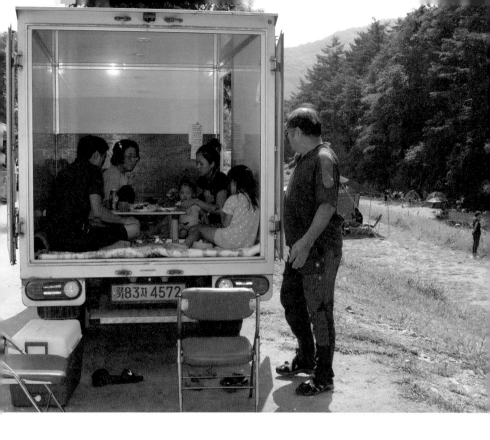

　공릉천, 문산천은 한강 수계의 거의 종점이다. 문산천 박달산림욕장 앞을 지날 때, 강둑에 세운 박스형 트럭(소형 탑차) 한 대가 눈에 들어왔다. 뒷문과 옆문을 시원하게 열어젖힌 적재함에 온 가족이 둘러앉아 점심을 막 먹으려던 참이었다. 딸과 사위 외손녀도 함께했다. 화물 일을 하지만 겨울철을 빼곤 격주로 온 가족이 함께 야외를 찾는단다. "손주들이 자연에서 보고 느끼는 게 많을 거예요. 나중에 지들이 크면 알게 되겠지요." 그 따뜻한 풍경에서 왜 장돌림으로 떠돌던 우리 아버지 세대의 배고픔이 오버랩 되었는지. 가난한 시대의 그림자가 너무 진해서인지 모르겠다. 처음으로 시조의 형식을 빌려 말을 건네 보았다.

자전거의 겨울잠

두루마기 허리춤 접어 지른 울 아제 장날
미야다(宮田)*로 비틀비틀 돌아오던 불콰한 동구
하늘이 멀리 따라와 주저앉았지
구루마도 차지 못한 술도가 다마네기*
체인은 그릉그릉 가래로 끓고,
목도하듯 끌고 가던 삼천리 짐차,
술통에 콧물이 흘렀지

수레가 감고 푼 세월이 얼만데
앞뒤로 제 그림자 밟지 않고 내달리다니
먼지 푹석대는 비탈의 기하학을 끌어안은 채

지난 세기 최고의 발명이라 했다던가
너하고 살아야 제격이라더니
유행가 따라 제 각각 어느 골에 살아가겠지
자라목 창문 너머 아지랑이 기다리겠지
앞뒤 바퀴 말라붙은 그믐밤 눈물자국에
엎드려 선잠 자고 강둑길에 앉았더니만
흔들어도 여즉 긴 겨울잠이다.
달빛 한 조각도 물렁해진 신새벽, 지금
아직 반품 가능이다

　임진강은 분단의 강이다. 어느 강가 '체험농촌마을'을 지난다. 농자금까지 받아 펜션을 새로 지었다. 새 자전거를 들이고 야심차게 개장했으나, 가을을 지나 겨울이 되도록 흥행부진이다. 두어 대만 제외하고는 아직 포장을 제대로 뜯지도 않았다. 자전거가 세상을 바꿀 것처럼 요란하던 시절도 조용해졌다. 이 바람도 유행일까 어쩐지 섭섭하다. 4대강이 '동네북'이 되는 통에 자전거만 심드렁해졌다.

*미야다(宮田)자전거는 일제강점기는 물론, 광복 후까지도 최고급 자전거의 대명사였다.
*어린 시절, 우리 동네 술도가(양조장)의 마차 배달부는 유난히 배가 나오고 키가 작아 모두들 '다마네기'라고 놀렸었다. 어느 해 장마에 냇물을 건너다가 술마차와 함께 영영 떠내려가 버렸다.

살구가 전하는 말

살구꽃 진 자리에 살구빛이 든 건
송홧가루가 봄날을 분칠한 건지도 몰라
청매실 지나서 황매실로 마감했나 했지
살구를 본 지도 너무 아득하길래
길에다 살구를 심은 배꼽 동네 양구가
살구 속살보다 더 넉넉해졌네

살구가 천수를 다하고도 발그레 웃네
연지가 사그라지기 전에 한 입 베어 물어 보라고
권해주는 배꼽 동네 사람이 따라 웃네
살구꽃을 본 적 없는 바쁜 이들에게
살구꽃이 피거들랑,
살구꽃이 지거들랑,
살구가 떨어져 지천인 한 여름에라도
배꼽 동네 허리춤 쯤에 한 번쯤 왔다 가라고
신록에도 떠나야 하는 살구나무 그늘에서
청춘이 이런 색깔이라 말하고 싶어서

휴전선을 마주한 양구는 '한반도의 정중앙'이라고 자랑한다. 당당히 배꼽을 내놓고 배꼽 동네라고 해마다 '배꼽 축제'를 준비한다. '청춘 양구'가 양구를 형용하는 이름 넉자다. 마침 거리는 온통 살구나무 가로수에서 떨어진 살구로 지천이다. 살구꽃 피는 동네는 우리들의 잃어버린 고향이다. 살구꽃이 지고, 살구가 떨어져도 살구인줄도 모르는 우리에게 양구서천 살구는 '한 번 와 보라'고 손짓한다.

저 강은 알고 있다

무심해지기 위해서 얼마나 뛰는 가슴을 앓았을까
무심해지지 않기 위해서 얼마나 동동 발을 굴렸을까
금강산이 사철을 달리하여 부른 연유
금강(金剛), 봉래(蓬萊), 풍악(楓嶽), 개골(皆骨)
저 강은 알고 있다

물줄기 하나에 남북이 저마다 막아놓고 평화라고 말하는
속내를 저 강은 알고 있다
압록강 넘은 이국 병사가 사라진 파로호의 비정을
저 강은 알고 있다

겹겹이 쳐진 철책을 어깨동무하고 온 물
아무도 제지하지 않는 월경자, 저 강은 늘 그렇다
칸칸이 막아놓은 물에 호수라 이름 붙이고
인간을, 문학을, 창작을, 놀이를 말하는 풍경을
저 강은 알고 있다.

내 아비의 가뭄 속에 수문을 들어 올린다
어이없는 세월 신원(伸寃)의 물을 풀어낸다
내 아비의 강에 비 오고, 눈 내리는 사연
그 강둑의 소실점까지 속내를 아는 건 저 강뿐이다
저 강이 울고 있다
저 강이 웃고 있다

　북한강은 짧은 강이 아니다. 그냥 한강의 제1지류가 아니다. 유로연장 482km의 긴 강이다. 2/3가 북녘땅, 금강산 서쪽의 물을 한데 모아 흐르는 강이다. 4대강의 소란을 아는지 모르는지 칸칸이 막아서며 잘도 흐른다. 강줄기에 얹혀사는 우리네 목마름을 풀어주고, 우리네 일상을 적셔준다. 강가의 의자는 비틀려 이내 주저앉을 듯하다. 뻐꾸기 우는 사연, 저 강은 알고 있을 거다.

소양강 처녀는 순이다

소양강 처녀가 이름이 없는 건 다행이다
여러 밤 지새어도 순이만 한 이름이 없다
하냥 떠나간 사내를 기다리다 언 발이 녹는다
무명 치마, 저고리, 갑사댕기, 버선발, 코고무신
순이는 이제 나의 누이도, 누님도 아니다

열여덟 순이는 갈래머리 딴 흑백사진에 산다
동백꽃 붉은 꽃술이 그리도 예쁘냐 묻던
그리워서 애만 태우는 순이는 어디에도 없다
순이라 이름 짓기엔 저문 강에 해가 깊이 누웠다
가고 없는 누이의 소양강,
순이 떠난 소양강은 소양강이 아니다

순이는 에레나가 되었다
무성한 밤 부두의 소문에 에레나는 꽃으로 피었다
탱고에 감긴 옷자락이 실패 감던 순이일 리 없다
이름마저 바꾼 감나무골 처녀 순이일 리가 없다

순이는 우리들의 꽃순이가 되었다
배후령 넘어오다 버린 고무신도 산천이 되었다
봄, 여름, 가을 어딘가에 꼭꼭 숨어버렸다
꽃신 신고, 꽃가마 타고 어딘가에 내려

이름 석 자, 팔자조차 떠나보낸 건지
꽃순이건 에레나건 우리 순이가 아니다
가고 없는 누이의 소양강,
순이 떠난 소양강은 북한강이다

소양강 처녀는 이름이 필요 없다. 그냥 우리 모두 '순이'일 거라고 믿고 있다. 부산갈매기의 〈순이〉나, 김국환의 〈에레나가 된 순이〉나 조용필의 〈꽃순이를 아시나요〉의 주인공이 모두 순이다. 잃어버린 우리들의 누이이 자 첫사랑이다. 다시는 돌아올 수 없는 '순이'이기에 〈소양강 처녀〉는 더 애절하다. 가만있어도 눈시울이 젖어오는 석양에 애태우던 누이가 더 그 립다.

서울은 항구다

서울에서 배가 떠난다
서울을 떠난 배는 서울외곽순환도로의 자동차를 닮았다
강심의 보를 넘지 못하고, 바다의 철책에 찔려
돌아오며 쉰 뱃고동이 하릴없이 운다

서울에 사는 배는 간이정류장에서 한낮을 보내는 노선버스다
저마다 바쁜 서울 강변도로 아래서 혼자 심심하다
잔파도에 물 장단을 쳐봐도 하루해는 길다.
서울로 들어온 배는 잘 데가 없다
산동네 비탈길에 졸고 있는 마을버스를 닮았다

서울이 항구여서 설렌 지도 오래다
큰 바다로 갔다 온 배가 동무한 바다를 듣고 싶다
서울이 항구일 때 서울은 넉넉한 기항지가 된다
서울은 항구일 때 다시 럭키 서울이 된다
아무도 서울을 항구라 불러주지 않지만
아직도, '서울은 항구다'

　　2016년 국가하천의 막내 자리를 굴포천에 빼앗긴 아라뱃길은 내가 오래도록 감춰둔 이야깃거리다. 말도 많고 탈도 많지만, 아라천은 덤덤하게 서해로 흐른다. 김포공항과 인천공항에서 떠오르는 여객기의 분주한 비상(飛上)이 아라천은 부럽기만 하다. 이런! 김포여객터미널에는 여객(旅客)은 없고, 유객(遊客)만 가득하네. 작은 배 한 척이 너무나 반갑다. 〈여의도↔이작·덕적도〉 행선지가 새겨진 배다. 수년 전 승객이 없어 노선이 취소되어 백수 신세. 정기여객선이 되는 꿈을 잃지 말기 바란다. 크고 작은 배들이 다투어 손을 흔들고 지나갈 때, 진정 '아라뱃길'이라 불러 주리니. 국내선 유객이 국제선 여객이 되는 날 '서울은 진짜 항구'가 될 것이다.

그림자도 없고

실종에 끼어든 형광 빛 침묵,
긴 대열
한 삼동(三冬) 갈대밭에 두런두런
누구야
아하, 겨울바람 헤적이는 손짓인가
행여 찍어 가다 보면 걸릴까
어른거리는 미궁의 그림자까지
바스라지는 것들이 등을 보인 해산
다시 어찌할 수 없는 담회색 펄로
겨울 해가 기운다
무겁다, 실종을 닮아가는 듯해서

　황구지천은 수원, 화성, 평택을 거쳐 아산만으로 흘러드는 강이다. 화성시 향남면 수직리 부근, 겨울 쓸쓸한 강둑길로 기동 경찰 대열이 올라선다. 탐침봉과 삽을 들고 갈대숲으로 내려선다. 이미 임무는 받은 듯하다. 한 주일째 행방을 알 수 없는 할머니의 실종사건, 불확실한 단서를 찾아 헤매는 노동의 대열이다. 살아 있길 염원하지만, 차갑더라도 존재를 찾아야 한다. 살아서 누워있다는 것은 평온이지만, 죽어서 누워 있는 것은 절멸이다. 하필 '살인의 추억' 그 쓸쓸한 무대가 화성 땅인가. 트라우마는 길다. 깊다. 퍼 다 버려도 샘솟는다. 경찰, 참 힘든 배역이다.

자화상, 또 하나

난실리 조병화문학관에 들렸습니다
시인이 자화상 아래 이렇게 말했습니다
"버릴 거 버리고 왔습니다
버려선 안 될 거까지 버리고 왔습니다
그리고 보시는 바와 같습니다"

나는 자화상이 없다고 우겼습니다
그래도 얼굴이 있을 거 아니냐기에
"버려도 될 거 못 버리고 왔습니다.
꼭 버려야 될 거까지 못 버리고 왔습니다.
그리고 보시는 바와 같습니다"

그게 내 얼굴이라고 감싸 안습니다
자화상이라고 할 것도 없는
내 얼굴이라고

　오산천은 도시와 공장지대를 흐르는 강입니다. 조병화문학관 골짜기에서 강물이 흘러내린 물이 더해 안성천이 됩니다. 시인 한 사람이 있어 골짜기가 행복하고, 물줄기가 풍요로워집니다. 그의 쉬운 언어가 파이프 담배 연기로 사라질 즈음에 쉽지 않은 의미의 향이 내려앉습니다. 동탄 신도시에서 만났던 트럭 두 대, 거울처럼 마주 보고 있더이다. 서로의 자화상을 바라보듯, 그러나 다릅니다. 시인의 〈나의 자화상〉 그 한 구절에 눈물이 가립니다. 자화상을 그릴 수 있는 시인의 눈이 부러워서요. 문득 푸석한 내 얼굴을 어루만져 봅니다. 이게 나의 자화상 밑그림이네요.

진위천

석양의 좌선

그대
무슨 상념에 그리 젖어 있는지요.
물 위에 튼 가부좌,
다리 저리지 않나요.
여기 가볍게 떨고 있는 호수
그대 남루한 그림자 부끄러움인가요
아님 지난 세월 이지러진 지문인가요
말 안 해도 알아요, 알고 말구요
다 닳은 말발굽 편자 아님 속절없는 소용돌이일 테지요.

두고 온 속가 천만리,
멀어져도 따라오는 새끼 울음 같아
더 빛날 수 없는 황금 커턴,
그 뒤에라도 숨어 있어 본다구요
그래도 흔들린다구요
다시 한가득 해파리 살, 참 미운 세월
어느결에 내려앉은 땅거미에 대충 구겨 넣고
그믐밤 마실 오는 어스름,
그때쯤 일어날 참이어요
아직 멀었나 봐요
나는요

　어느 해 늦은 봄, 여주로 자전거를 타러 갔다 오던 길, 막히는 영동고속
도로를 피해 시골길로 돌아오다 석양을 만났습니다.

　황금 물비늘을 흔드는 저수지, 강태공들의 자리만이 을씨년스럽게 앉
아 있는 물가는 고요했습니다. 폐승용차의 시트를 옮겨다 놓은 자리, 카
메라를 꺼내 들며 내 마음의 부처를 생각했습니다. 니르바나의 순간은 짧
고, 이내 깊은 어둠으로 잦아드는 시간의 온전한 함몰을 보았지요. 그건
날 불러 세운 느릿한 여정의 손짓 같습니다.

안성천

다리 밑 또 다리

이쯤 해서는 강물을 건너야 한다
아산호를 다 돌 양이 아니라면 여기서 건너야 한다
길을 이으려고 그 많은 다리를 놓는다
길의 높낮이를 줄이려다 보니 하늘에 걸린 다리다
다리는 물가에서 그냥 올려 보아서는 제 모습을 볼 수가 없다
고개를 젖혀 숭앙하는 자세에서야 다리는 속살을 보여준다

나를 기어이 복종시킨 그 속살은 거대한 철골의 분화다
골조의 기하학이 어떤 공식으로 힘을 받는지 나는 알지 못한다
다만 그 위세에 눌려 내 키가 작아지는 것만은 명료하다
트레일러의 육중한 오만, 동물적인 질주에 나 또한 부역자다

허나 피로한 다리 상판의 아래에 또 다른 세상을 꿈꾼다
거기 철골의 기하학 사이 여백에 하판을 하나 더 얹자고
느린 것들도 피안으로 건너갈 수 있는 사람과 자전거의 다리
그때 다리 아래 엎디어 숭앙하며 고개를 젖히리라
눈길 한번 안 주고 지나가는 바쁜 것들 뒤에 서리라
약삭빠른 세상살이도 그러려니 물러서 주리라

　'평택 미8 군기지'를 둘러보며 안성천 강둑을 따라 내려오다가 노양리에서 만난 다리 공사장, 기껏 최근에 개통한 다리들도 사람이나 자전거까지 이용자의 범주에 넣지는 않는다. 비굴하게 공사장 차단기 앞에 졸고 있는 아저씨에게 빌다시피 하여 건너간 임시 가설교, 그 아래에서 순간 올려다본 다리의 위용, 아, 저 철골구조 사이로 자전거길 하나 만든다면 얼마나 멋진 아산호의 풍경을 새로 볼 수 있지 않겠는가. 그게 국민관광지다운 발상이다. 무섭기조차한 철골의 구조에 인간을 집어넣을 수 있다는 생각이야말로 진정한 공존의 설계이리라.

황지, 겨울이 내려앉다

밤새 두런두런 눈이 내렸다
눈이 멎은 아침 언덕에 사람들은 환하다
간밤, 줄거리가 맞지 않는 꿈 따라다닌 골목
저마다 갈 길을 재촉하지만
발 언저리는 늘 조심스럽다
세상 여기저기 빛나지만 미끄러운 길
저 나무에 수정으로 매달린 눈에 부끄러워
가는 길섶, 눈은 이내 제풀에 녹아
우리 발자국 안에 눈물겹다

눈은 뻑뻑한데, 눈물을 넣어 주어야 한다는데
눈물이 하릴없이 흐르는 건 세월이
어찌할 수 없어서, 그냥 어쩔 수 없어서
그저, 시원의 샘물로 흘러넘쳐서

　1995년 겨울, '태백산 눈 축제'를 갔다. 이 땅에서 참으로 긴 강, 낙동강이 발원하는 '황지'의 아침을 거기서 맞았다. 눈이 내린 비탈길을 조심스럽게 걸으면서 연못을 보았다.

　맑았다. 그리고 깊고 푸르렀다. 눈물이 고여 왔다. 연유도 없이…. 시원의 샘이라 그런지 눈에 깊이 와 앉았다. 물그림자를 찍었다. 유화였다. 자디잔 흔들림이 붓끝의 놀림이었다. 멋진 유화였다. 어느 화가의 그림보다 무겁고도 깊은 정지.

일월산 가는 길

흙길이다
사라져 버린 신작로다
버젓이 허리조차 펴지 못한 길,
외길이면 족했다
저 혼자 국도라 했지
아무도 몰랐다
늘 장터걸에 사는 반편 같은 길

비켜서지 않으면
더 이상 길일 수 없어
서로 겸손해진다
멈춰 서서야 눈에 와 안기는 풍경
세상의 시계가 갖지 못한 여유의 길섶
그 포켓에서 기지개를 켠다

길 한 가운데까지 돋은 풀,
그건 외로운 손짓
그리움에 밀려 나온 묵언 시위
자국이 없다
가물가물해 더 저리도록 보고 싶다
내 유년의 겨울, 갈라 터진 손등 같은 기억을

　처음 사륜구동 지프를 산 1990년, 봉화 임기에서 일월산을 가던 길이었다. 마주 오던 차를 비켜주려 멈춰서서 한 컷, 찍을 땐 몰랐다. 이렇게 소중한 사진이 될 줄은….

　차들이 교행할 수 없는 외길, 그게 국도라니, 그게 국도의 명패를 달고 있다니, 농로까지 시멘트로 뒤덮은 강산의 갑갑함 속에 국토의 속살을 보는 설렘이 너무 소중하다.

　내 가슴속에 남은 길의 원형이다.

낙동강3

아재요, 참말로 게안니껴

아재가 일월산을 뒤돌아 보곤 기약 없이 실려 갔다

병자년 호란(胡亂) 닮은 날이 산그늘 허리춤 잡는 골짜기
맨날 천날 밥도 안 되는 축문 붙들고 웃대 발치만 맴돌았지
이 꼴 저 꼴 보기 싫어 말문 닫은 지 석 삼 년이 언제더라
북향 돌아앉아 눈 깔고 사는 심우장 속뜻만은 못해도
놋 주발, 제기들 문질러 문질러 애먼 속살만 훑고 살았지
흘러내려 비틀린 고가, 낡은 기와 솔아빠진 사이에
오갈 데 없는 앉은뱅이걸음 바우솔 맹쿠로 살았지

영양이 해와 달의 정령을 받아 더없이 말개질 끼라고
안동이 말마따나 편안한 정신의 동녘이 될 거라고,
산다고 살아온 날이 고마 여어까지 왔구만 안글나
이래 산 기 평생 잘산 긴지 참말로 내사 몰따만
사람도리, 맑은 정신도 삽짝밖에 아물아물하고
인제 가들도 다 안동, 임하댐 속에 헤지고 만 기라

염치없는 세상이 비극의 제 곡조에 감겨 돈다카디만
반변천 벼랑 선바우 갈림에서 울 기운도 없다카디만
아재는 정신줄 놓고 기어이 산모롱일 업혀 나왔네요
아재요, 참말로 게안니껴

　일월산에서부터 하루 종일 반가 종택이 버티고 있는 골짜기를 타고 내
려왔다. 조상을 섬기고, 옛것을 지키려고 벼슬도 마다하고 살아온 선비들
의 흔적이 골골이 배어 있었다. 아재가 귀한 시대라 팍팍해졌다. 도리 없
이 우리는 '아재가 없는 시대'에 살게 되었다. 변하는 세상, 혼돈의 가치에
족보나 따지는 아재는 말을 닫고 이제 쇠잔해져 간다. 안동이 이 땅 정신
문화의 수도라는 자랑 앞에서 신호등이 바뀌었다. 이미 정신이 허물어지
고 있는 어둠 속 세상에 주는 경고처럼.

*'몰따'는 '모르겠다'의 경북 북부 사투리, '아재'는 낮춤말이 아니다.
*'게안니껴'라는 말은 '괜찮아요?'라는 안동지방 사투리, 기타 낯설다 싶은 종결어
미 또한 대부분 안동 사투리다.

낙동강4

말 무덤 앞에서

말(言)을 묻은 무덤 앞에서 할 말을 떠올린다
그저 부질없다
무덤에 묻은 말보다 못한 말이 내 입에 가득하다

-내 말을 남이 하고 남의 말은 내가 한다

-물이 깊을수록 소리가 없다

-길 아니면 가지 말고 말 아니면 듣지 말라

-귀는 크게 열고 입은 잘게 열랬다

-말 안 하면 귀신도 모른다

-훌륭한 예절이란 타인의 감정을 고려해 표현하는 기술이다

-입으로 하는 맹세가 마음으로 하는 맹세만 못 하다

-한 점 불씨는 능히 숲을 태우고, 한마디 말은 평생의 덕을 허물어 버린다

-말 잘하고 징역 가랴

-웃느라 한 말에 초상난다

-화살은 쏘고 주워도 말은 하고 못 줍는다

-혀 밑에 죽을 말이 들어 있다

-가루는 칠수록 고와지고 말은 할수록 거칠어진다

-말 뒤에 말이 있다

-소리 없는 벌레가 벽을 뚫는다

-숨은 내쉬고 말은 내지 말라

-말은 할수록 늘고 되질은 할수록 준다

묻혀있던 말이 줄지어 걸어나온다
나는 누구 말에 혼자 아파 여태 가슴 쓸어내리고 사는 건 아닌가
나는 누구에게 한 아픈 말을 까맣게 잊어버리고 있는 건 아닌가

낙동강 변에 "말 무덤이 있으니 들렀다 가라"고 안내판이 붙잡는다. 경상북도 예천군 지보면 대죽리, 916번 지방도 언저리다. 말(馬)이 묻혀 있는 무덤이거니 했다. 아니었다. 말(言) 무덤이었다. 푸른 언덕이 봉분이다. 10여 개의 자연석의 말에 관한 속담과 금언이 음각되어 있다. 400여 년 전 각성바지들이 모여 사는 이 마을에 하도 말이 많아 문중 간에 불화가 끊이지 않았는데 마을 어른이 묘책이 생각하던 중, 지나가던 과객이 말한 대로 쓸데없는 말을 모두 모아 무덤을 만들었더니 마을이 화평해져 오늘날까지 탈이 없다는 전설 같은 이야기가 있는 무덤이다. 그렇다. 죽어 없어지면 다 부질없는 게 삶의 찌꺼기가 아니던가. 저 무덤에 들어간 말들은 죽어도 살아있다. 일부러라도 들러볼 일이다.

낙동강5

홀로 우뚝 섰으나

안개 걷히고 나니 우뚝 서 있다
그냥 '하나'였다
아니, 멀리 '하나' '둘'도 하나같아 보였다
하나는 손 흔들고, 여벌은 손뼉 쳤다

이른 파장 다들 봄비 맞은 강아지다
엎드려 자는 척 기침도 삼키고 있다
'하나'는 혼자 주먹 쥐고 사방을 둘러보았다
힘들어 본데없이 널브러져 있으려니 했다

반나절 뒤 강 건너 마을 사람들이 웃었다
그게 제 잘난 '수놈 양파'라고
도무지 쓰잘 데 없는 놈이라고
까보면 세 쪽밖에 없는 멀건 무녀리라고

수컷의 운명은 다들 거기서 거기다
찬밥 말아먹는 개다리소반에도 못 오를 놈
제 혼자 머리칼 쓸고 바짓단 떠는 울 동네 백구두 같은 놈
여름 밭 쟁기질 끝나면 한숨에 스러질 허우대

　낙동강 따라 의령군 낙서면을 지나갈 때다. 태풍을 맞은 것도 아닌데 파가 모조리 넘어가 있다. 자세히 보니 양파다. 한 생을 마감할 때가 되면 양파는 절로 쓰러진다. 양파야말로 뿌리나 소용 있지 이파리는 도무지 쓸데가 없다. 그런데 몇 군데 우뚝 선 놈들이 보인다. 씨를 받으려 남겨놓은 놈인가 싶었다. '남지개비리길' 농부들에게 물어보고 의문이 풀렸다. 양파수놈이란다. 맛도 없고 아무짝에 쓸모없는 것들이란다. 제풀에 쓰러지지도 않고 버틴단다. "그 놈 운명이 은퇴한 요즘 남정네들하고 많이 닮았지요?" 했더니 "하긴 그러고 보니 그렇네요." 영아지마을 아지매가 얼굴도 보여주지 않고 고개만 끄덕인다.

낙동강6

오래 견뎌 왔다

남루를 벗는 날
추워도 다시 입지 않겠다 했다
초가지붕 발가벗겨 불태우다가
가난도 저편으로 아롱아롱 떠나려니 했다

변해가는 세상 사이 사이에
슬레이트 지붕 틈틈 틈새로
들꽃이 숨어들어 제 피붙이 꽃 피울 때까지
하늘은 하늘대로 땅은 땅대로 살았다

더 이상 박 넝쿨은 커지지 않았다
그 어떤 굼벵이도 자라지 않았다
손주 놈 놀던 길은 껑충 자라 버렸고
슬레이트 지붕은 날 닮아 꺼져버렸다
호미질에 꼬부라진 내 허리 고추 세워 봐도
손주 놈 유모차는 갈 데 없는 내 차지다

석면을 우산으로 쓰고 살았다
참 오래 멋모르고 견뎌왔다
해마다 이엉 안 엮어도 되길래
그냥 끌어다 덮었다
슬레이트 지붕 갈라지는 낮은 언덕

골판으로 흐르는 내 눈물 적신 달빛

우린 검버섯 서로 닮아
그냥 기대어 산다
세월이 데려간 줄 알았던 궁기
이 골목 칡뿌리가 아직도 감고 있네

　시장기가 돌아 이른 점심을 하러 낙동강을 건넌다. 밀양시 하남읍, 사람들은 수산이라 부르는 마을. 큰길 가에 나앉아 있는 슬레이트 지붕, 퇴락한 집, 벽에 분홍 칠을 했지만 영 먹지 않는 들뜬 화장이다. 새마을 운동이 한창이었던 50년 전, 걷어낸 초가지붕 위에 슬레이트를 올린 집이리라. 별로 나아질 것도 없는 세월 덕의 길섶에 나앉았으나 혼자 촌티가 흐른다. 남루를 걷어낸 자리에 다른 남루가 검버섯으로 더께 앉았다. 참 오랜 동거다.

칼날 위로 걸었다

외나무다리 그거 별거 아니다
내 살아온 시퍼런 칼날 놓고 보면
겹겹이 놓인 칼, 골목길 마다
칼날 피하다 굳은 발 낙타 발 봐라
칼처럼 살지 말랬는데
칼같이 살고 싶었는데 그도 저도 못하고
무성한 칼집에
갈갈이 채칼에
한 끼 밥상 무나물이 되고 말았다

영검한 할매는 알지도 몰라
칼날 위에 춤도 추니
춤추는 세상 바람난 칼날이
잠드는 시간을
청량산 할배, 학인(學人), 도인(道人), 묵객(墨客)
저마다 읊었던 영탄, 그 신령(神靈)에다
바다가 산에 올라앉은 시간의 자손
육육봉(六六峰)에 도와 달라 해볼까

낙타 발 내 발 어루만지고
신(神)어미 젖무덤에다 반나절을 울어도
내 발 칼집에 해원(解冤)이 흘러내릴까

벼락에서 분가하는 로또
청산까지 물어물어 찾아올 복록(福祿)일까
대명천지 이 세월
돈벼락에 숨 멎어도 좋겠네
서러운 내 발이 도로 아가 발이 된다면야

청량산을 발치에 두고 돌아가는 과인삼거리에서 눈에 띈 굿당 간판,

산이 깊고 영험한 곳엔 굿당도 기복의 거간으로 들어서기 마련이다. 청량산도 모자라 근방의 명산 일월산까지 빌려왔다. 한 많고, 바람 거센 가시밭길 걸어온 우리네에게 굿은 물음이고, 답이고, 위안이다. 게다가 돈이면 안 되는 게 없는 세상, 로또를 굿판에 끌어들인 즉물적, 용감한 작명에 슬며시 웃음이 나온다.

비오는 고갯마루에

우리 살아온 날은 그저 지절지절거렸지
꾸르무리하다 오늘처럼 이리 비도 내리고
만주 봉천, 대판 쓰루하시, 6·25 난리, 병원열차 해방호
이정표도 없는 길, 언제 떨어질지도 모를 낙석
그러고도 "날 꼭 잡아요" 말한 거나 진배없지
당신은

아득한 백내장 비안개 속에도 당신은
이산들로 나가 봐야 하니까 우산 받히더
낡은 사바리, 당신 가래 끓는 소리 닮은
참 오랜 동무라요
당신 등허리에서 옮겨 오는 심장 고동
어벙해도 짚불 사그라질 때까지 그냥 나누시더
허물어진 고갯마루 황토 살은 그래도 청춘
밤마다 켜켜이 일어나는 당신 가려움 닮긴 해도
저건 고동색 속살이너더

십 수년은 따다 따다 지쳐버린 운전면허 보담
당신 인생 면허가 사연 안 깊은교
어데 소설 몇 권 가지고 되겠니껴
내 허리끈도 묶여 있는데
이 비 그치고 나면 날이 참 싸아해질긴데

우리 봉당에 쪼그리고 살던 비루먹은 '워리'
성성한 털 올올이 일어서는 삭풍 불낀데

봉화에서 발원하는 내성천이 지나가는 영주시 이산면 한가한 지방도로를 지나다 사륜오토바이를 타고 가는 한 노부부를 보았습니다. 빗방울이 굵어지자 할머니는 우산을 펴들었습니다. 언덕길을 올라가는 노부부, 힘들게 우리 근현대사를 살아온 할배, 할매였습니다. 양주분의 등이 굽어있어 서럽지만 따뜻했습니다. 함께 가는 신산한 세월, 그것도 추억일까요. 언덕, 이정표, 낙석, 추적거리는 비, 우산, 고개 너머, 내리막길 뒤 희망 뭐 그런 게 인생일 거라 생각했습니다.

모래성, 그래도 쌓다

천지가 흔들려도 붙박이던 나다
근육질 한 판 바위였다
세상이 손꼽을 수 없는 시간 속이 내 원적(原籍)이다
아니, 끓다가 뛰쳐나온 그 동네가 내 본적(本籍)이다
한 톨로 튕겨져 나올 줄 몰랐다

어지럽게, 때론 둥글게 세상이 돌아갈 때
따라 굴러 주저앉은 여기가 내 거소(居所)다
문패도 없다
낱낱 한 톨 한 톨 살을 맞대고 산다
내 위에 가슴 포개고
내 등에 등을 돌리고

제대로 한번 싸워 본 적도 없어 모래알 전우다
한번 큰물 진만큼만 속절없이 떠밀려 왔다
이 물, 단 내에 코를 벌름거리다 멀리 가지도 못했다
단내(甘川)에 어디 단 것만 흘렀겠는가
주거부정(住居不定)인 후각도 더는 나서지 않는다
허물어지고, 평평해지고, 패어가고
모래성 흔적조차 없다해도
여기가 미생(未生) 내 현주소(現住所)다

감천은 백두대간에서 김천을 가로질러 흐른다. 조마면을 지나 김천 시내가 보이는 강둑길에 이르자, 눈부신 성벽이 강 저편에 자리하고 있다. 하상을 긁어 쌓은 모래성이 사구(砂丘)처럼 보인다. 모래의 운명을 생각했다. 백두대간 천년바위에서 떨어져 나와 세월을 구르고 굴러 저기 이른 것일진대. 유목민처럼 마음대로 떠돌지도 못하고, 비슷한 신세들 외톨이끼리 살아오다 강바닥에 주저앉았다. 그들의 현주소도 준설하는 중장비 앞에선 위장전입처럼 불안하다.

남자라는 이유로

남자라는 이유로 오래도록 울어 보지 못했습니다
남자라는 이유로 오래도록 쪼그려 앉지 못했습니다
남자는 울다가 짐짓 안 운 척해야 되는 줄 알았습니다
남자는 뒷짐 지고 서서 보고만 있으면 되는 줄 알았습니다
봄소식 찾는 아내 곁에 서성이는 바구니면 되는 줄 알았습니다

남자가 쪼그려 앉아 보는 작은 일도 흉이 안 되는 세상이 되었습니다
남자가 어벌쩡 서서 보는 작은 일이 꽤나 힘든 세월까지 밀려왔습니다
아내는 친구들과 꽃비를 맞으려 간다고 이른 아침 떠났습니다
아내는 끓여놓은 곰국도, 짜장면을 시켜 먹으라는 말도 없었습니다

쪼그려 앉아 봄을 맞던 아내의 강둑에 내 자리도 있는지 나가 보았습니다
바람 잘 새는 자전거에 매달린 장바구니에 마른 대추 그 남자를 내려놓
습니다
오래 쪼그려 앉아 있기 어렵다는 게 남자라고 말들 해도 설마 그럴까 했
습니다
비탈에서 쪼그려 앉기엔 더 젬병인 게 남자라는 걸 다리가 저려서야 압니다
아내가 하던 대로 강둑에 쪼그려, 엎드려 말라붙은 봄소식을 더듬어 찾
습니다
서 있어야 잘 보이지 싶은 봄소식을 쪼그려 앉아 호미 끝에 걸어 냅니다

꽃놀이에 지친 아내가 돌아와 동네 마트 쇼핑백을 열어 보며 혀를 찹니다
"냉이하고 미친년 풀도 구별 못 하다니……"

　금호강은 영천, 경산, 대구를 지나 낙동강에 합류하는 큰 강입니다. 금호강이 방촌에 이를 때 쯤 나물캐는 한 남자를 발견했습니다. 오래도록 가는 길을 멈추고 지켜보았습니다. 쪼그려 앉기 힘들다는 남자를 이겨내고 오래도록 강둑 비탈을 그는 기어 다녔습니다. 아내를 따라나선 봄 아저씨는 강둑길에 흔한 풍경입니다만, 혼자 오래도록 봄나물을 캐는 남자는 지금도 눈에 아른거립니다. 가족을 위해 쪼그려 앉은 그가 내 모습 같아 다리가 저리지 않느냐고 물어보고 싶었습니다.

또, 6월이 오면

6월이 오면 어지럽다
포성에 업혀 와 나의 동굴에 얹혀사는 그 때문이다
소리 내어 울지도 못하는 잔망한 이명
기억이 허물어진 담벼락 비집고 돋아 나온다
또, 6월이 오면 나는 그냥 뒤집히고 만다

세월 견딘 짐 자전거 바퀴는 썰물이 덜진 제국의 언덕
진고개 어디쯤에서 멈췄다
뒤집힌 별, 미군 트럭은 하늘을 보고 누워
초산, 중강진에서 얼어버린 발가락을 긁다가 떼어냈다

수복, 환도, 할로, 쪼고렛또 기브미, 유솜, 강냉이죽
명동 성당 담쟁이만도 못한 육신을 절룩거리며
이제 비탈도 아닌 비탈마저 나는 두렵다

6월이 오면 허무가 펄럭거려 녹음(綠陰)의 환호가 싫다
이러려고 그 많은 생과 사를 밟고 견뎌왔는지
이 꼴 보려 '태극기 휘날리며' 산하에 몸을 던진 건지

6월이 오면 어지럽다
기어이 '6·25'를 '한국전쟁'이라 고쳐 부르는 세상
내 고장 난 달팽이관, 이석(耳石)이 허공에 떠 올라서다
또, 6월이 돌아와 나는 그저 드러눕는다

　황강은 경남 거창 합천을 지나 낙동강에 합류하는 큰 강이다. 합천댐 아래 〈합천영상테마파크〉에서 1930년대~1980년대 속 서울을 다시 만났다. 사진으로 남아있는 현대사의 비극을 몸으로 겪은 서울의 속살이 내 앞으로 걸어 나온다. 빼앗긴 주권과 가난이 범벅된 삶 속에서도 사랑이 숨 쉬던 거리다. 하지만 〈6·25 전란〉을 빼고 어찌 이 민족을 논할 수 있는가. 전쟁의 참화는 관념의 역사가 아니라, '진행형 고통'이다. 불탄 서울 거리 세트장에서 발견한 짐 자전거가 처절하게 증언한다. 〈KOREAN WAR〉를 번역한 제삼자의 〈한국전쟁〉이 아니다. 적어도 우리 민족에게는 동족상잔 〈6·25전쟁〉이다.

밀양강

영남루에 올라

조선의 잔등으로 걸어 올라갔다
명루(名樓)로 가는 침류각 사이 통로는 욕망이 비를 피하고
풍광도 민초도 모두 발아래다
아랑이 대숲에서 울어도 장구 소리에 묻힐 뿐
기녀들 어여쁜 턱선에 주흥(酒興)이 촉촉이 흘러내릴 뿐
하늘이 품은 구름 다발 강물 치마폭으로 감싸니
어깨춤 덩실덩실 오호 천지가 내 품에 엎디다니

지친 신발 벗고, 누각에 올라 선다
섬 동네 밀양이 선 채로 꿈꾸고
풍광도 다운타운도 여전히 발아래다
저어기 밀양교 옆 삼문동 새로 솟은 아파트다
스마트 폰으로 잡아 당겨도 우리 동네 언저리는 멀다
까치발하고 읽으려 해도 조선의 시문(詩文)은 눈을 감고
삐걱거리는 마루 틈새로 세상이 너절하다

다들 앉는다. 이쯤해서 너나없이 양반다리다
비로소 보인다. 조선이 눈앞으로 걸어 왔다
서서는 발아래 혼자 애달프던 것들이 멈칫거린다
어찌 유독 슬픈 아리랑 속에 밀양 아라리만 그리 경쾌한지
어찌 밀양 여인 손 숙의 '어머니'가 우리 눈시울을 뜨겁게 하는지
앉아야 제대로 조선의 기둥에 기댈 수 있다
무거운 등줄기로 조선이 일러줄 말이 하도 많다 하니

영남루가 없는 밀양은 허전하다. 우리나라, 아니 조선의 3대 명루(名樓)
가 될 만한 풍광을 안고 있다. 신발을 벗는 의식을 통해 경건한 조선과 대
화를 할 수 있다. 세월이 결 고운 무늬를 만든 마루 위에 두런두런 얘기를
나누는 풍경은 여느 누각에선 찾아보기 어렵다. 시인 묵객들이 써놓은
현판과 시문은 하고 싶은 말이 많다. 맨발로 겸허하게, 기둥에 기대앉은
이들에게 먼 산천만 거기 그대로 있지 구름 꽃 한 다발, 무심한 강물, 그
리고 당신도 지나가는 과객이라는 걸 말해주고 싶은 거다.

여름, 제풀에 스러질까

여름은 저 혼자 몸을 달군다
옥수수 알 여기저기 물러 터질 때까지 땅을 삶는다
여름은 저 혼자 물러서질 않는다
혓바닥을 빼물고 헉헉거릴 수도 없어 대치 중이다

얼마 남지 않은 여름, 석 달 계약이 목을 조른다
달구어진 자갈 위 발바닥을 바꾸어도 다시 자갈이다
도시 밀려날 줄 모르는 청도 싸움소 눈깔 닮은 더위
뜨거운 바람을 돌돌 말아 다시 푸는 선풍기 곁에
세상을 마구 써댄 벌 받는 거라고 헉헉거린다
없는 놈 사는 데는 그래도 여름이 낫다는 말 틀렸다
모기 주둥이 비틀어질 때까지 자다 깨다 할 수밖에

아이들은 떼로 모여 몸을 달군다
여드름마저 더 붉게 터져 번질 때까지 삶고 있는 청춘이다
들끓는 생각 하나로 새벽의 융기를 견딜 수 없다
내 안의 봄, 그 삐딱한 도화 한 송이 꺾어 들고 협상 중이다

여름에 갇혀 버린 망아지들의 봄이 삼복에 더 답답하다
잘 놀래고, 잘 따라 하고, 할망하기도 한 조랑말 눈깔 닮은 청춘
그늘에 누워 들끓는 것들을 꺼내 나눈다, 풀어 재운다
아무도 알아주지 않아 혼자 삐쳐 끓인 봄날, 땡볕에 서로 말린다

강가에 드러누운 여름방학 다 가면 울안의 안개는 걷힐까

스마트폰 넘어 세상 한 클릭마다 그 안에 출렁이는 불기둥 하나

그저 여름밤 자다 깨다 할 수밖에

　'폭염경보'가 내린 서부 경남 남강 유역, 땀으로 범벅이 되어 진주 남강댐에서 촉석루로 가다가 그늘을 만났다. 야외무대 그늘에 중학생인 듯싶은 아이들이 자전거와 함께 누워 있었다. 세상도 덥고, 사춘기의 그들 속도 타고 있으리라. 무슨 얘길 나누고 있을까. 떼로 몰려다니며 서로 기웃거리는 호기심, 들끓지만 어찌할 수 없는 더위를 닮은, 망아지들의 청춘, 우리 다 지나온 일 아닌가.

할매, 나 심심해

딱히 그리울 것도 없는 장날
소 등짐 나무 단 가득
워낭소리,
달구지 쇠바퀴
자갈 튀는 소리 섞여 날아간 바람

난전에 끓던 국밥
대파 속알이 문드러지도록 춤추더만
이고 지고, 장터걸로 가던 날이
허망의 그물 사이로 빠져 나가 버리고

조선 발솥 퉁퉁한 육덕
퍼질러 앉아 셈도 않던 세월
어느 천년에 엉덩이를 들까 싶더만
종종걸음 치고 말았네

흔전만전 넘고 넘치는 세상
고기 안 들어간 된장찌개 없는 세상
파장도 없는 장꾼들이 어데 다 숨었나

흥정도, 구경도 시들하다
잡을 데라곤 할매 치마꼬리밖에
엄마 없는 세상에 성긴 할매 수세미손밖에
할매, 나 심심해

덕천강과 가화천은 지리산 물이다. 경상남도 산청 시천 덕산장, 천왕봉에서 흘러내리는 중산천과 덕천강의 양 단수가 만나는 곳, 남명 조식 선생도 구경 나왔을 법한 장터다. 알록달록한 파라솔의 도열, 장돌뱅이의 수레를 대신하여 장꾼들의 트럭이 널널하게 파장을 기다린다. 한산하다. 사람이 없다. 이제 지리산 찾아온 객지 길손이나 기다리는 오일장이 되고 말았다. 할머니 손잡고 장에 온 아이가 노란 겉옷을 뒤집어쓰며 지루해하는 순간, 셔터를 눌렀다.

남강

그 집 앞

창문을 잃어 버렸다.
내다볼 일이 없어 고장 난 커턴 도르래
붉은 연지 길섶에서 서성거리던 그가
대처 어디론가 홀홀 사라졌음에
풀 먹인 하얀 칼라는 나다운 날의 감광지였다.
후레아 스커트 펄럭이며 나만 기억하는 누런 벽걸이 사진첩
삐걱거리며 풍금을 젓던 발목이 시리다.

떠나간 것들 사연이 누웠던 자리에
견딜 수 없어 피어난 체념 닮은 연꽃
창백해서 나답다.
숨이 차올라 하얗다.
잃어버린 창문 그 틈으로
다시 내다본다. 내게 올 봄이 있는가 하고.

그리운 것들 넘실거리는 강둑으로 가는 두 바퀴
골 패진 종아리 뒤로 아지랑이 따라간다.
내 눈도 반쯤 감겨 따라간다.
강둑 어딘가 아물아물 사라져
바람 한 웅큼에 날아간 소지가
그가, 그가 아닌가 하여

　강둑은 자전거를 그리워하고, 길은 차를 그리워하는 길섶에서 발견한 악보,

　'그 집 앞' 가야할 길 멀지만 쉬어 가기로 했다. 온갖 추억의 일상용품들을 수집해 진열한 솜씨도 뛰어나지만, 무엇 하나 허투루 못 버리는 주인의 느낌이 젊은 날 경의선 열차를 타고 백마역에 내리던 날을 닮았다. '소나무집'이라는 4행시가 재치있게 걸려있다. "소식을 가지고 오신다고 나무라지 않아요 무소식이 희소식이라 집에만 있을게요" 말이 되는 듯도 하고 안 되는 듯도 하다. 아무튼 국수에 주인의 입담까지 버무린 유쾌한 집이다. 왜 떠나간 그가 생각났을까.

서낙동강

습진, 이 놈

이 어둠이 가려워 긁고 긁는다
내 손이 나를 긁기도 바쁘다
친구야, 나 하나 없는 셈 쳐라

자다가 벌떡 일어나 앉아 있는 건
누워서는 견딜 수 없는 이 어둠 때문
벌겋게 일어나는 저 반란,
벌겋게 숨어드는 저 복병,
어찌어찌 어둠에 기대 잠이 든다

이 새벽이 또 가려워 긁고 긁는다
내 손이 어둠 긁다 지쳐버렸다
친구야, 나 벌써 떠난 셈쳐라

자다가 다시 일어나 앉아 있는 건
누워서는 볼 수 없는 저 새벽 때문
시커멓게 달라붙은 저 소문,
시커멓게 죽어버린 저 병졸,
어찌어찌 새벽에 기대 잠이 든다

간밤, 나는 이겼는가 졌는가

　김해국제공항 울타리 옆. 죽은 듯이 흐르는 평강천 강가에서 움막 한 채를 만났다. 온통 검은 비닐 차일(遮日)을 칭칭 감고 있다. 인기척도 없다. 잠시 쉬며 보니 이따금 찾아오는 습진이 생각났다. 긁어도 긁어도 가려움의 공습은 견딜 재간이 없다. 피가 나도록 긁어댄다. 어찌 어찌 약을 먹고, 잠이 들면 새벽이다. 검은 딱지가 앉는다. 움막의 차일은 검은 상장(喪章)처럼 보인다. 아무 기척 없이 당당한 판잣집, 쉴 새 없이 뜨고 내리는 공항의 소음에 지쳐 혼자 펄럭이는 깃발, 아무도 원망하지 않는 체념, 오로지 희망이 될까.

7번 국도의 어깨

기어이 올 것이 오고야 말았다.
제 살점 떨군 줄도 모르고 가 버렸다
시대의 과적, 익숙한 과속은
공회전 CCTV에 남았다

7번 국도의 끄트머리에 걸린 까치밥
주황, 그 낭만의 마지막 손짓에도
어깨는 무거워서 외려 신경이 날카롭고
다리는 다리 위에서 휘청거렸다

먹고 사는 길을 뒤덮은 고단함
그 남루가 거룩하다.
제 수명 다했다고 눈 한번 감으면 될걸
하마 사라져간 소실점 너머
그를 아득하게 붙들고 있다
나처럼

형산강은 울산에서 발원해 경주와 포항을 지나는 강이다.

끊어진 강둑길, 어쩔 수 없이 도로로 올라와야 한다. 경주 시내를 벗어나 포항으로 가는 7번 국도는 대형화물차량들의 행진이 끝도 없다. 갓길로 밀려나 조심스레 페달을 저어가다 만난 타이어 조각. 안간힘을 주어무거운 짐을 견뎌냈을 것이다. 그러다 튕겨 나와 버림받았다. 그래도 혹여가버린 그를 만날 수 있을까 고갤 빼고 있는 모습이 한 시절 산업 일꾼이었던 우리 처지와 참도 닮았다.

태화강

이 봄, 눈 뜨고 싶지 않아서

참 깊다. 이 굴이
지퍼하나 올려 만든 굴
세상 바람 하나쯤 견디기는 쉽다
살아온 깜냥 있으니 얼마쯤 파야 할지는 안다
권리금 없는 굴을 광장에다 판다
도둑맞은 잠 깜빡거리는 눈꺼풀 밖,
봄 치장한 사람들 두런거리는 소리뿐
이제 기적(汽笛)도 없다. 내 기적도 짐짓 없다

눈 뜨면 뻐언한 세상
막걸리 눌어붙은 광장에 온종일 앉아 조는 것뿐
눈꺼풀 속에 잠기어 나를 본다.
망막에 도립하는 세상의 꿈, 한때의 꿈
3D안경으로 보는, 스마트한 세상에 보는
흑백의 꿈
이 어두움 흑(黑), 저편 한 줄기 빛 백(白)
이 봄, 이 동굴, 차양막 지퍼를 내리지 않는다.

　3월 초, 울산 '태화강'으로 가기 위해 서울역으로 갔다. 오전 10시, 해는 중천에 떠 있는데 꿈쩍도 않는 슬리핑 백 하나, 겨울이 땟국으로 절은 미이라, 지하도조차 차지하지 못한 자리 대신 광장이다. 거긴 봄바람, 꽃바람이 남녘 얘기였다. '문화역284'는 따뜻한 공예전 중이었다. 핵심어 '온기(溫技)'가 펄럭인다. 시린 세상을 위한 연민의 시각, 따뜻한 표현, 포근한 손길이 슬리핑백 속 겹겹이 싼 미이라에 스며들기엔 아직 춥다. '춘래불사춘(春來不似春)'이다.

사라진 길, 돌아온 길

큰 못이 생기려고 용담(龍潭)이라 했것지
비단강 안고 돌다 제풀에 어헐져
이 산, 저 골 감돌다 터 잡았것지
하늘한테 밉보이면 용빼는 재주 없지
봉답 논뙈기도, 마실 돌담길도,
진안 장꾼 따라 간 신작로도
용궁 정원 옆에 서러운 몸 풀었었지

해마다 얼비치던 검은 하늘
장독 속 고요
수 삼 년엔 자주자주 잃어버렸다.
헐떡이다 잊어버렸다.
목말라 가슴 풀어 헤치고
시루떡 두께로 벗어 내리던 속살
누런 잎새 풀죽은 갈숲
먼지 풀석이는 마실 길에 귀향 동무

울 너머 참견하던 뽀족돌 조무래기도
사방치기 조약돌 닮아 심심하다
길도 아닌 물속 마른 길로
아롱아롱 먼 데 봄물이 적셔 온다 해도
용머리도 더 갈 곳 없어
머루 빛 그늘로 숨었는가도 몰라

　충청도의 강, 금강의 진수는 무주, 진안, 장수 상류에 있다. 진안군 용담 댐에 이르자, 거대한 들판이었던 바닥을 드러냈다. 유난한 가뭄이 길었 다. 수몰되었던 옛길과 다리에선 잃어버린 고향이 보인다. 호수 바닥으로 내려서 옛길을 갈 데까지 가본다. 갈대숲이 힘없이 환영한다. 한참을 달 리자, 자갈과 모래가 더는 못 간다고 길을 막아선다. 물을 가두고 물에 업 혀 살아야하는 우리네 마른 목젖으로 촉촉이 젖은 봄비가 스며들기를 소 망할 뿐…

어디로 가시렵니까

쓔우웅
어~어 지나갔네요
날근이 강둑쯤 알 바 아니지요

그 사람 눈 맞추기 위해
그 하루 끝 만나기 위해
죽어라 달려 죽는소리를 흩뿌리네요

깜박 조는 봄 강
여울목에 걸려 아차 쌍꺼풀집니다.
복사꽃 그늘 달라진 게 없네요
두 바퀴가 얼핏 아는체 합니다.
바쁜 것들 다 떠나보내고
나 하나 믿고 가다
봄 한가운데 우리 서 있네요

닮아 갈까 겁납니다
전기가 내게 흘러 내달릴까 봐 겁납니다
가락국수도 잃어버리고
두런두런 얘기도 잃어버리고
두 바퀴마저 잃어버릴까 봐서

금강 중상류, 옥천군 이원면 날근이 제방 근처에서 총알같이 달려가는 KTX 열차를 만났습니다. 부럽다기보다 굉음이 무서웠습니다. 복사꽃이 지천으로 피어 꽃 대궐을 만들면 그 사이에서 잠시 임금이 되어보는 게 사는 것 아닐까요. 사진을 찍고 보니 헬멧에 고압전선이 지나고 있어요. 마치 내 머리로 전류가 흐르는듯해 KTX 열차를 닮아 가는 게 아닐까 하는 상상이 들어 피식 웃었습니다.

이래 봬도 내가 수수인데

원래 나도 이런 산비알에 살지는 않았시우
미끄러지다 부지하는 목숨 얼마나 힘든지 아슈
밥바가지 닥닥 긁고 오글오글 살 적에두
땟국 홑청 무명 이불 속 우리 꿈은 술빵같았슈

건달 닮은 바람이 멱살 잡고 흔들고
내 살피 쪼아 먹는 것들 배 두드려두
비알밭 걸터 사는 우린 갈 데 없는 이웃이 잖유
내 사촌 옥수수도 여름 한날 애저녁에 가고 없슈
여문 이빨 드러날까 봐 잘 여미고 있더만두
살 무르는 올여름 더위 잘도 견뎌내더만
다들 그냥저냥 털고 먼저 갔나벼
귀동(貴童)이 짝패는 먼저 알고 데려갔나벼

때 이른 고개도 숙일 줄 아는디
땅 하늘 둘이 어디쯤 갈라서는 줄도 아는디
어차피 나눠줄 거 덮어쓸 거 뭐 있댜
없는 죄로 괜한 고개도 숙이고 사는디

서리 타고 희나리진 고추 영감들 다 스러져 갈 때
욕심 끝동 쪼잔해진 좁쌀영감들 다 사라져 갈 때
반가운 척하는 까치 놈들 저 멀리서 뜨악할 때

귀신도 훠이훠이 쫓아내는 조선 강골
잡것들 에둘러 가는 무당산 아랫골 지킴이
나도 이 망사 발, 밀밀한 격자창
그맘때쯤 훌훌 벗어 던지고
빳빳한 수수로 돌아가 누울 거유
우수수 떨어져 간 사촌들 옆에 수수하게 수수답게

충청남도 청양 땅 청남면 쪽으로 금
강을 따라가다 만난 산모롱이서 복
면을 뒤집어쓴 수수 떼를 만났다. 딱
손주 놈 돌잔치 해줄 만큼만 심어 자
랐다. 다 큰 자식을 새들이 쪼아 먹
을까 봐 양파 자루를 주인은 씌워놓
았다. 액을 막는 수수, 핏빛 대궁으로
서 있는 강골의 무사(武士)도 가을이
깊으니 고개 숙이지 않을 도리가 있
겠는가.

갑천

태고에도 인연이 있었으리니

서대산(西大山)을 천자봉(天子峰)이라 부르는 이유를 알겠다
운무에 몸을 맡긴 만조백관이 한 자락 높다 해서
태산 같은 머리를 조약돌 처럼 조아리겠는가
태고사 앞마당은 관음과 문수의 법력이 가득하다
벼랑에 매달려 천년 넘어 그리 살아 왔다
부처님도 모른 체 할 땐 오대산(五大山), 향로봉 너머로
건듯 부는 바람에도 천자의 공력을 빌어 안아 눕혔다

망백의 세월을 절터 하나 남겨놓은 벼랑에 걸고
쌓다가 무너지는 탑파의 이름으로
돌을 놓아 부처를 앉히고, 보살을 세웠다
도(道)가 곧 내(川)이고,
내(川)가 곧 도(道)라는
큰 스님은 다비의 불길 속에서도 여즉 끈을 못 놓는다

좌청룡의 허한 기운을 내달아 세운 서원의 종루에서
목 놓아 찾지 못한 이름들을 하나하나 불러낸다
능선 시오리 암장 사이사이로 스며드는 종소리
신원(伸寃)의 슬픈 곡조가 갑천(甲川)으로 발원한다.
기어이 일주문을 만들어 태고 도량의 무문관으로 만드리라
태고의 인연으로 만난 반백 년 세월 값을 거기 높이 걸리라

청춘에 허리 굽혀 들어선 대둔(大芚)의 석문에서
굽은 허리를 영영 맞을 준비 하는 노스님에게
운수납자는 스님의 다른 이름이냐 묻고 싶었다
산문을 떠나고 싶어 거북한 세월은 없었더냐고
천만리 따라오는 저자의 바람소리를 어찌 떨쳤냐고

태고사 관음봉 부근이 대전을 관통하는 갑천(甲川)의 발원지(發源地)다. 정안스님은 하룻밤 자고 가라고 권했다. 풍경소리가 먼저 알고 오는 새벽까지 달게 잤다. 햇살이 퍼지는 법당에서 50년 세월 오로지 태고사를 지킨 내력을 설법으로 들었다. 태고의 인연에 비하면 짧은 시간일까. 아니다. 한국 불교사에 어디 견줄 데가 없는 기나긴 '절집살이'다. 장좌불와(長坐不臥)의 선풍(禪風)과 닮아있다. 태고사가 달리 보인다. 갑천이 졸다 깬다.

미호천

허수아비의 성

글씨도 없는 만장 암만 흔들어도 소용없지
앉은뱅이 포장 겹겹이 둘러친다고 내가 못 넘어갈까
아무리 낙지 다릿발 흔들어 봐라
나는 문어발처럼 감고 넘어갈 테니
자네 먹고살아야 하는 농사라고만 하면 어쪄
나도 먹고살아야 하는 산 목숨인 걸 어쪄
천년을 꼼짝 않는 농다리로 가는 길목에서
나도 보고 배운 게 있지 않겠는감

사나운 물살 이빨에 물리지 않으려고
깍지 낀 굳은살 돌에 박고 버둥거렸지
아름드리 소나무 떠내려와 다 함께 가자 할 때
엎드려 담장 넘겨주던 농다리 보고 배운 게 있지 않겠는감
자네 쌓은 성이 풀풀 날리는 모래성만도 못하다는 것 알지
죽은 낙지발만도 못한 허풍이 바람에 날린다는 걸 알지
나도 먹고살아야 하는 생 목숨인 걸 어쪄

　미호천은 충청북도의 가운데를 흐르는 국가하천이다. 진천 농다리를 막
지나자 강 언덕으로 난 길은 풀이 무성하다. 산짐승들에 많이도 시달렸는
지 농부는 비닐 울타리를 치고, 허수아비를 바람에 날리도록 만들어 세
웠다. 가을배추와 깻잎이 보인다. 살아있는 것들이 살기 위해서 산 것을
놓고 벌이는 싸움이다. 만만치 않다. 메뚜기떼가 날아들기 시작하면 배춧
잎이 남아나지 않는다. 고라니 떼가 훑고 지나가면 한 철 농사가 끝이다.
더 영악해진 것들이 흐느적거리는 허수아비의 수염을 잡아당기면 농부
는 거참 난감하리라.

논산천

추운 날 햇살에 기대어

오늘도 하릴없이 딸기 하우스에 기대 눈을 감는다
진홍색 구치베니(口紅), 내 위에 뭉그러진다
가슴 뎁혀 오는 찰진 입술 한 입
철없이 다가와 가슴 뛰는 줄도 모르는 또 한 입

읍내까지 삼십 리 쥔 집 작은아들 학교 델다주던 길
담배 조리하러 가는 다 큰 처자 내 허리 붙잡고 가던 길
쌀가마니 두어 개 싣고 무시로 뒤뚱거리던 신작로 길
고등어 두어 손, 석유 한 댓 병 달고 오던 먼지 풀썩거리던 그 길

나도 '경로우대'라고는 하나 아직 그 길 구석에 서 있다
키득거리는 아이들 게임 화면, 안 본 척 훔쳐보았지
손가락 잽싸다 한들 젊은 날 내 양은 멕기 자전거
바퀴살보담 더 빠를라구, 아무렴

우두둑 다시 조립하는 관절, 구리스나 한방 쳐야 할까 보다
녹슨 체인 사이 골다공, 뼈 주사 한 방이면 다 해결될란가
마을회관 호박 고명 잔치 국수라도 제때 얻어먹을라치면
더는 염치없이 '아 구구' 소린 없지 말아야 할 텐데, 원 참

　논산 양촌을 지나다가 갑자기 강둑길이 사라졌다. 마을 길을 찾다가 미로처럼 긴 딸기 비닐하우스의 바다에 갇혔다. 오래된 자전거 한 대가 구석에 쪼그린 채 졸고 있다. 인적도 없다. 갑자기 자전거를 일으켜 세워 격려해 주고 싶었다. 양지바른 곳으로 끌어내 포즈를 취해 세웠다. 체인 커버는 오래된 자전거를 증명하는 장치. 짐받이는 펑퍼짐했다. 거기 실렸을 옛이야기가 궁금해졌다. 이제 마을 경로당 출입이나 간신히 하는 주인과 닮아있었다. 그래도 할 말이 많아 보였다.

* 구치베니(口紅)는 입술연지의 일본말이다. 요즘 말로 루즈나 일제 강점기를 살아온 어른들에겐 입에 배어 있던 말이다.
* 멕기는 도금을 이르던 말

하늘로 부친다, 울 아버지 전 상서

울 아부지 누워계신 산등성으로
철탑은 무당산 어깨보다 높이 걸렸지
겨울이면 고뿔 걸린 아이보다 더 칭얼칭얼
울던 전깃줄 몇 두름
나직이 눌러 가던 먹울음 마침내 토해내고
강신터 뒷산은 하얗게 겨울을 지새우고 있겠지

울음 꼬리 행편에 소식은 하늘로도 갈 거라고
꿈에도 출타 않는 울 아버지께 눈물 주르륵 동봉한다
'후회는 앞서는 법이 없다' 했던가
염천에 그을린 평생, 공단 빛 얼굴 울 아부지
한 대의 자전거로도 오래 남지 못한 울 아부지

이 강둑길 모시고 달려 봤으면 난 열두엇 소년이 되고
울 아부지는 헬리콥타 타고 돈 뿌리러 오실지도 몰라
몇날 며칠을 기다려도 울 아부지 안 오시던 구정 안날
"내 가꾸마" 그 기별도 전깃줄 울음에 얼어붙었는지도 몰라

딱 한 번 아버지와 자전거를 탔던 건 2008년, 아버지 80세 때 일이다. 그해 아버지는 사고로 세상을 떠났다. 충청남도 예산 삽교천 강둑길을 지나가다 예당대교 언덕에 송전철탑을 보았다. 전선의 울음은 나직했다. 겨울이면 문득 고향 선산에 누워계신 아버지 곁을 지키는 철탑이 토해내던 유난히 긴 울음이 떠올랐다. 어머니가 불러주는 대로 몽당연필에 침 발라 적던 7살 편지 속 '부주전 상서'가 떠올라 유년의 기억 저편을 들춰 보았다. 눈앞이 뿌옇게 흐려왔다.

곡교천

겨울 강, 얼다 녹다

얼다 녹다
녹다 얼다
그러다 한 삼동(三冬) 가고

제비도 안 오는 봄, 햇볕 한 소쿠리에
얼 것 녹을 것 많은 세상이라도
담아 보려고

새순은 '출격 대기 중'
물오르는 소리 뽀록 뽀로록
터진 살 파고드는 피돌기

눈 처마이고 앉은 동안거(冬安居)
길기도 하더니만
나더러 기운 차리라 외려 찬 손 내민다
달래, 냉이

꼼짝 않는 심지 깊은 찌
눈꺼풀 덜 벗겨진 붕어
얼다 녹은 만큼 기다리면 내게 솟을까

옆집이 일어섰다.
거긴 먼저 녹았나, 이 겨울 부동자세가

　곡교천은 천안, 아산을, 무한천은 예산을 흐르는 강이다. 곡교천 하류 어부시 나루 근처 강둑길, 겨우내 근질근질한 손맛을 보려고 강태공들이 물가에 앉아 있다. 기다림을 배우고, 가르치는 것들이 아직 겨울이 덜 깬 강가에 모두 모여있다.

　물고기, 봄나물, 새순, 봄 물빛까지 어느 하나 기다리지 않고는 만날 수 없는 것들이다. 옆집 낚싯대에 눈길이 더 가는 게 사람 마음이겠다.

그저 익숙한 죄

모두들 그대로 인데
혼자 무릎을 끓었다
혼자 발목을 접었다
늘 그 자리 물살 위로 내려앉은 건데
영문도 모르고 비굴해졌다.
일단은 허우적거리며 빌었다.

나도 잘 모르는 내 억울한 사정도
얼음 위에 미끄러졌다.
석양을 끌어당긴 물기는
점점 두꺼워지며 비웃었다.
햇구멍 막힐 즈음에서야 겨우 알았다.
늘 까칠하던 세상을 디디고야 내가 날았단 걸
내 곁에서 울어주던 개들이 철새였단 걸
익숙한 것들에 익숙해져 있는 죄야말로 무겁단 걸

참말로 아득했다.
익숙하던 거기에 자라는 유리벽 나만 몰랐다.
늘 내 편이던 물살도 저만치서 혼자 침묵이다.
하루가 초조하게 먹어 치우고 있는 선홍빛 어혈,
저놈의 해

이내 나의 실종을 덮어줄 검은 보자기가 미끄러지는 얼음판
그날처럼 익숙하지만 낯선 밤 벼랑이다.

　서산 B지구 방조제 '부남호'의 석양, 왜가리 한 마리가 빙판 위에서 허우적거리고 있었다. 수면으로 착각한 것일까. 발목까지 젖힌 새가 날려고 할수록 더 밀려나고 만다. 마찰계수가 거의 제로상태다. 세상에 우리가 행세하고 다닌 것도 모두 마찰이 있어야 가능했던 거로구나. 익숙한 것을 의심하지 않은 잘못의 대가는 혹독하다. 새의 눈은 초조하다. 물 한가운데는 얼지 않아 물결이 인다. 해는 져가고, 어둠은 추위를 몰고 오기 시작한다. 살얼음이라 구해 줄 수도 없다. 죽음의 그림자가 어른거린다. 세상을 살아가는 일은 낯익은 것들도 의심해야 하는 긴장의 수렁일지도 모르겠다.

책바위 벼랑, 푸른 소(沼)에서

소금밭이 허옇게 일어나는 팔월
꼴값하는 햇살과 동무하는 내가 너는 더울지 몰라
두드러기 닮은 열꽃, 너가 어쩔 줄 몰라 할 때
바람을 만들어 온 나는 길에 녹은 나를 식힐 뿐

더위를 가둔 책바위 벼랑 그늘에 짐짓 멈춘다
나를 견뎌준 칠팔월 동행에 주는 선물이다
물살이 시침 뚝 따고, 눈 감고 있는 여름 하오

고요를 건드린 건 동심원 속 견딜 수 없는 입술 두엇
갈대의 스크럼을 누르고 유혹에 나를 마저 벗는다
칠팔월 물 조심, 토정비결 한 토막 접힌 채 물에 젖는다
더 이상 아무도 말려주지 않는 묵은 나이 우리다

세상이 온통 삶는다고, 미쳐간다고, 땀이 숨었다 해도
정지화면 속살은 차갑다, 그럭저럭 견딜만하게
더위를 잡아둔 책바위 그늘에서 추억하고 통화한다
아무도 말려주지 않아 이젠 물속이 춥다고
시퍼렇게 살아 있는 물속 바닥 물때가 미끄럽다고

소금밭이 허옇게 스러지는 팔월
꼴값하던 햇살이 저만치 물러나 기죽고 말 걸

열꽃 핀 자리로 새살이 아무렇지 않게 돋아나올 때
바람을 만들어 온 길 위로 식은 가슴 닦고 나설 뿐

전주천의 발원지에서 죽
림 온천을 지나 내려오다
바닥이 보이는 푸른 소
(沼)를 만났다. 퇴적암이
층을 이룬 벼랑, 이름도
책바위 마을이다. 이 더위
속 훌훌 벗고 물에 뛰어들
었다. 염천에 어쩔 수 없
이 따라나선 내 자전거에
주는 휴식이고, 내 몸에
주는 여백이다. 어릴 적엔
어머니에게 나는 '물가에
세워놓은 아이'였다. 아
니 지금도 여전히 그러하
리라. 이제 아무도 물가에
선 나를 말리지 않는다.
물속은 차갑다. 돌고기만
일어나 물의 평온을 깬다.
다시 옷을 입고 나서면 더
운 세상, 여름 그 열기로
들어가지만, 희망을 버리
지 않는다. 이 나이에 도
랑에서 미역 감는 호사가
웬 말인가.

만경강

우리 둘, 청보리밭에서

보리가 말한 세월 우린 몰라
찰기 없는 허기가 얼마나 서러운지
고향집 초가 부엌 천장의 그을음도 몰라
봄 칠하는 붓, 청보리 밖에 우린 몰라

가물가물 눈이 풀린 봄날 언저리
반색하는 초록 카펫 아직 낯선 길목
간지르는 붓질에 기댄 우리 둘
봄볕에 휘져 녹는 아지랑이 속살

같은 색깔 두 바퀴 우리 귀 하여 네 바퀴
줌 인, 줌 아웃 수평이 안맞았네
같이 앉아 따로 보고 들어도 좋아
언덕도 우리처럼 기울어서 아롱아롱

그래도 내 편 드는 암초록 그 어딘가에
괜찮다 하곤 해도 일렁이는 걱정 두어 단
사랑이 패어나 까칠해질까봐
사랑이 제빛 잃어 깜부기질까봐

　　지난해 봄, 고창 청보리밭에서 찍은 다정한 연인의 뒷모습이다. 하얀색 미니벨로 쌍둥이도 곁에 있다. 보리밭 길을 달려온 그들의 가슴에는 이 화사한 봄이 누구보다 가득할 것이다. 사랑한다는 것은 한 곳을 향해 걸어가는 것이다. 하지만 때로 제각각의 사진을 찍고 있을 수도 있다. 각기 찍은 사진이라도 색깔만 같으면 된다. 커플룩을 하여도 스멀스멀 일어나는 불안, 그게 사랑의 또 다른 형질이다. 불안의 씨는 밟아도 밟아도 자라는 보리싹일지도 모른다. 걱정할 것 없다. 누렇게 바래고 나면 다 구수해지니까.

그래도 빈집이 없지라

아이고, 이 논두렁엔 뭣 하러 오셨다요.
왜 아낙네가 논물 대고 있냐고요.
남정네들도 농사일에 골아 부러 갖고 빼마디 다 녹아 붓승게
힘도 못 쓰지라.
병원 함 갈라므 부안까지 나가야 허고, 안 되믄 전주 가고,
글고 서울 큰 병원까지 가다 죽어버리지라우.
우리 집은 세 필지 짓는 디, 한 필지가 엿 마지기라
육삼 십팔, 열여덟 마지긴디 여근 150평 한 마지기지라이.
이깟 농사로 기계 살 수도 없고
남의 꺼 빌려 지을라니께 순서 지다리다 목 빠져 분당게요.
내가 말띤디 아저씨하고 동갑이라고요. 아따, 한참 청년이구마.
촌에 살믄 다 폭삭 늙어 부러요.

옛날에는 빈집이 겁나게 많았는디
시방은 빈집이 눈 닦고 봐도 없소.
서울에서 내려 온 사람들이 그득 흔디요.
아파서 요양 왔다는 사람도 있고,
아예 귀농해 부린 젊은 사람들도 있다고 헙디다.
근디 그 사람들 도통 아는 칙게를 안 한 당게요.
오는지 가는지 떡 돌리고 하던 거는 아예 없다니깨요,
동네서 살라고 허는 건지 말라는 건지.

　전북 부안군 백산면 원천리 들판, 동진강둑을 타고 가다 내려선 들판 길이다.

　여기서 메인 컷을 하나 건져야겠는데 낮은 삼각대로 될 일이 아니어서 논일 보는 아주머니를 불러 세웠다. 쑥스러움도 잠시, 가르쳐준대로 카메라를 들고 강둑을 타는 내 모습을 촬영해 줬다. 끝내 주름진 얼굴 보이기 싫다 해서 멀찌감치 한 컷 찍고 이 들녘에 돌아가는 세상 얘기를 잠시 나누고 헤어졌다.

강둑길, 깨를 털며

바람이 쉬엄쉬엄
오가다 넘겨 볼 뿐
우리 두 늙은이 뿐
이 강둑, 우린 정차 중

강둑이 흘러내린 날선 깨밭
우리 산 세월만큼 급한 비탈
바람 한줌에도 견디기 힘든
마른 대궁으로 서서
마악 출산 대기 중

참깨 볶듯 살진 못했지만
참기름 숱해 짜고 만든 깨소금
깨 한 톨 젖은 땅에 떨어질라
남의 기름 한 방울 섞여 들라
새끼들 입에 향내 될 어매 맛
거길 누가 넘볼 수 있다여

두 발로 걸어온 길,
세 발로 다가온 길,
이녁 옆에 세워두고 감빛 석양 맞으니
하나도 서럽지 않아 긴 그림자도

들기름 행세하는 세월까지
이제 보고 가는 판에

동진강은 정읍과 부안을 흐르는 호남의 강이다. 강둑길에서 자전거를 만났다. 나란히 세워진 자전거 두 대, 하나는 세발자전거다. 더 이상 할머니도 자전거 뒷자리가 아니다. 두 발 자전거로 장보러 가던 할아버지도 더 이상 외롭지 않다. 깨는 소소한 행복의 상징물이다. 두발과 세발의 동행 앞에 무슨 수식어가 필요하겠는가.

고부천

갈대, 너를 몰랐다

너의 손등이 그리 고운지 몰랐다
너의 속살이 보랏빛인 줄 정말 몰랐다
손가락 사이로 빠져나가는 그 바람 잡으려고
굵어진 손마디 시린 날 정말 몰랐다
날마다 애가 타 손짓하는 줄 그러려니 했다
너는 그저 날 때부터 하얀 머리이거니 했다

너의 손등이 그리 거칠어진 줄 몰랐다
비바람 가린다고 사철 불어 터진 손바닥
다시 손가락 사이로 스며드는 그 바람 이려 해도
속울음에 타버린 너의 가락, 속살이 차디차다
몸짓만도 못한 너의 노래 결에 귀를 대 본다
보랏빛이 말라붙은 목청이라도 누워가며 울어라

    정말 몰랐다. 갈대의 몸이 보랏빛으로 빛난다는 사실을, 정말 갈대는 그냥 늘 하얗게 강변 그 자리에 피어 있는 줄만 알았다. 갈대의 청춘이 저렇게 눈부시다는 사실 앞에 미안했다. 친구는 갈대의 몸짓이 "평양시민이 광명 거리에서 흔드는 꽃술 같다"라고 했다. 분홍이고 보라다. 꿈같은 날의 파노라마다. 갈대도 젊은 날 어디 힘없이 드러눕기만 했겠는가. 바람 같은 사내 잡아 앉히려 바람만도 못한 수고를 좀 했겠는가.

콩·생·력·화·단·지

'콩·생·력·화·단·지'
우리 콩을 잘 만들어 보겠다는 말인 듯하다.
그러나 정확하게는 무슨 말인지 머리에 들어오지 않는다.
콩이 스스로 자라게 한다는 말인가
콩이 싱싱하게 자라는 밭을 만들자는 말인가

오래전 논농사용 사자성어들,
건답직파
소주밀식
광파재배
어릴 적 학교를 오가면서 논 한가운데 서있는 팻말이 늘 궁금했다.
소출 많은 통일벼가 권장되던 시절, 참 쉽지 않은 농민 계도용의 단어들
이 여태껏 지워지지 않고 복원된다.
'마른 논에 바로 씨 뿌리고, 적은 포기를 촘촘히 심고, 넓게 파종해 키운
다는 말인데'
좀 더 토실토실하고 싱싱한 용어는 없을까. 콩알처럼 탱글탱글한

복흥에서 순창으로 가는 792번 지방도로 변에서 보게 된 표지판이다.

관청의 용어들이 많이 좋아졌다. 좋아졌다는 의미는 순화되었다는 뜻이고 알기 쉽게 쓰려는 노력이 보편화되었다는 것이다. 그러나 이렇게 마주치는 표지는 우리를 당황스럽게 한다. 좋은 뜻일 거로 생각하면서도 누굴보라고 그렇게 세워 놓은 것일까. 우리 들녘에서 우리글을 이리저리 해석하면서 이해해야 하는 것은 관료적 경직성의 잔해 때문일지도 모르겠다.

극락강 극락교

광주역 플랫폼에 내려서도 빛을 보지 못했다
무등이 슬그머니 내려와 맞는 손길도 눈치채지 못했다
다시 서울행 ktx 열차표를 카드로 긁었다
환갑도 못 견디고 떠난 친구에게 국화꽃 한 송이 주고
무등의 따순 손도 뿌리치고 새벽 첫차 기다리다 날이 밝았다
무등을 '더 견줄 데 없이 빼어나다'로 읽으니 눈이 밝아졌다

안개 자욱한 철교를 지날 때도 극락강이 영산강이란걸 몰랐다
극락강역에서 셔틀 열차를 타고 서로 길 떠나는 사람들은 분주하고
광주 송정에서 사람들은 제 갈 길로 흩어졌다
하루 서른 번 탈탈거리는 동네 완행이 극락강 건너는 기차라니
무등을 다녀간 인증 스탬프를 찍는 것조차 잊어버리고
아릿한 영산강을 극락강이라고 부른 뜻도 모르고

발인도 못 보고 떠나는 길, 시속 300km 창밖으로
세상 떠난 친구가 안개 속에 잘 가라고 씨익 웃는다

  영산강이 광주광역시 치평동을 지날 때 '극락강'이라 하는 줄 처음 알
았다.

  '무등(無等)'을 '차별 없는 세상'이라고 읽는 문법에 동의하면서 나를 되
돌아본다. 광주지방경찰청장 재직 중에 순직한 내 동기생, 그의 장례식에
잠시 왔다 돌아가던 날의 기억, 아무것도 모르고 극락강을 건넜다.

영산강3

추억행 이정표

누런 앨범에서 떨어져 나온 기억이
영산포 거리에 섰다
비린내도 박제된 선창에서
썩어 문드러진 이내 속내, 그냥
홍어보리앳국에 한 술 만다
콩죽 한 그릇 아껴 먹고 무명 이불 서로 끌어 덮다
발 삐져나온 새끼들이 썩힌 속이 아니다
석탄 백탄 다 타도록 아직
덜 탄 숯꺼멍이 내 안에 쩡쩡 갈라진다
코가 뻥 뚫리고 눈물 찔끔,
쪼금 살 것 같다

동척(東拓)이 다 앗아간 나주 들판
감자는 산목숨 곁에 엎드려 자란 곰보다
해선(海船)을 불러오던 등대, 니가
영산포 장날 뱀 장수 옆에 기웃거릴 때
나는 알았다. 너도 개점휴업이란 걸
머잖아 멀뚱하니 윗목에 서 있을 거란 걸
어째 영산강 노래들은 하나같이
돌아오지 않는 사내들 판이냐
'어디로 가는 배냐, 황포돛대야'
감광지에 정지된 물 바랜 과거가

영산강 강가로 걸어 나온다

홀로그램 속 가와구찌상
'오하요오'
'안녕하시지라'

* '동척'은 '동양척식주식회사'(1908년에 일본이 한국의 경제를 독점 착취하기 위
하여 설립한 국책회사)를 줄여서 이르는 말

영산포는 추억을 먹고 사는 포구다. 나루터 구실은 이제 이름에만 남아 있다. 이른 아침 강둑에서 만난 이정표는 어쩜 그렇게 하나같이 과거를 가리키고 있을까. 현재가 배불러도, 현실이 팍팍해도 내 할아버지, 아버지의 추억을 만나는 일은 가슴 먹먹한 일이다. 영산강 노래를 불러 내 손 꼽아 본다. 〈영산강 처녀〉, 〈영산강 뱃노래〉, 〈영산강아, 말해 다오〉, 〈낭주골 처녀〉…. 하나 같이 사내는 떠나고, 여인은 애달파 한다. 그래서 〈남자는 배 여자는 항구〉인가.

황룡강

오락가락 비에 젖어

갑자기 젖고 마는 날이
어디 하루 이틀 일인가
골목길 동무들 하나둘
엄니 담 넘는 목소리에 업혀 가고
낯선 활주로 끝, 난
도시 더 굴러갈 데가 없네

비에 쫓겨 유도등 옆을 달리네
비에 밀려 이글루 곁도 지나네
낯선 옛 다리가 팔까지 벌려 안아줄 때
내사 서러워 눈물 찔끔 소매 끝에 찍을 때
참 고집 센 고놈 여우비
거기쯤 멈춰 눙치듯 바라보네

가을비 젖어서 할 수 있는 일은 없어
혀끝 차는 햇살 끝에
김 한소끔 올리고 졸다 깨니
등 뒤에 초승달 눈썹 웃는 저놈
희미한 무지개 이빨 좀 보게나

　전라남도 장성 황룡강을 다 내려와 영산강을 만나는 기쁨을 기어이 맑은 하늘 끝 비구름이 훼방을 놓았다. 그리 친절하게 강변을 지키던 어떤 비가림막도 없다. 비는 심술을 내며 나를 내몬다. 돌아가신 아버지가 근무하셨던 송정리 비행장(광주공항)의 추억을 생각할 겨를도 없이 흠뻑 젖었다. 서창교 다리 아래로 피신하니 이놈의 비, 딱 그쳤다. 틀림없이 '미친 그녀 시집가는 비'다. 그 틈에 졸음이 오다니, 무지개가 뜨는 줄도 몰랐다.

탐진강

사자가 거기 있었네

사자가 왜 거기까지 걸어 왔을까
갈기를 세운 채로 먼 산을 보고
있는 저 오만은 언제부터였을까
보림(寶林)의 지혜가 녹아 흐른
골짜기를 보고 있었을까
탐진강 물에 흘러내린
암천 빨치산의 피 비린내
여즉 기억하고 있는 걸까
정남진 바다,
해조음 간지러워 돌아앉아서
끓어 넘치는 득량의 바다 그리워
간간히 돌아다보며 수염을 움찔거려보다
그리 주저앉아
수 천, 수 만년일까
어둠의 끝 미명에 대고
탐진강 줄기, 과객들에게
막 고함 한판 치려던 참이었을까

　탐진강이 흐르는 장흥에는 제암산(778m), 천관산(723m) 같은 명산들이 바다와 강을 번갈아 바라보고 있다. 그러나 장흥읍에서 탐진강을 바로 지키고 있는 산은 억불산(517m)과 사자산(668m)이다. 탐진강의 발원지로 가는 버스를 기다리는 새벽, 장흥 읍내의 수변 공원 강가에서 본 일출은 또 다른 장엄이다. 문득 억불산 며느리 바위가 사자의 갈기가 일어서며 포효하려는 느낌으로 다가온 것은 시가 데려온 영감일까, 뒷산 이름이 주는 메시지일까.

지석천

무장 해제

우리 동네 들머리 평상에 걸터앉을 때만 해도
나는 이 푸른 그물코가 위장막이라고 생각했다
우리 나루터 마을을 넘보는 놈들은 어림도 없다고
디젤 연기를 풍풍거리는 들판의 날 누가 업신여기랴 싶었다
아랫배를 쑥 내밀고 뚝방길로 가다보면 논두렁 하나
못 넘는 것들은 발아래로 보였다
"너들은 야, 무녀리야"

소 열 마리쯤은 우습게 해치우는 내 팔뚝을 보고
우리 주인이 새끼손가락으로 나를 밀고 당길 때
풍 맞은 그가 오른발을 끌고 내 옆을 지나갈 줄 몰랐지
무논에서 장화 하나 제대로 못 빼는 주인이나 황소나 딱하긴 일반
야바위판 청이냐 홍이냐 구슬 돌리듯 쇠갈쿠리 쓰레질 한 바퀴면
헛기침 얼비치는 무논이 고요해졌지
이깟 그물쯤 벗는 건 머리칼 한번 쓰윽 치켜세우면 되는 일 같았지

흉년에도 풍년에도 제 이름 값하던 논들이 해마다 정학을 당했다
기울부처럼 서 있던 우리 동네 입구에서 내가 부동자세다
스멀스멀 타고 오르는 위장막 속에 갇힌 내가 참 딱도 하지
바스락거리는 넝쿨 그물코를 건드릴 힘도 삭아 부서졌다
"어이~ 날세 나야, 나 모르겠는감" 하고 무녀리를 불러 세워본다
답이 없다

된서리에 문패 마저 희미해졌다
이제 위장막 속에서 나를 위장하고 있다
보아줄 아무도 없는데

지석천은 화순, 나주를 지나는 국가하천이다. 나주 남평 근처의 강둑길에서 환삼덩굴에 감겨져 버려진 작은 트랙터 하나를 발견했다. 논에서 당당하게 일하다가 꼼짝 못 하게 된 그가 어쩐지 은퇴한 사람들의 자화상처럼 느껴졌다. 늙은 동네 건달 같기도 했다. 그 세월이 자기 편일 줄만 알았던 시간이 후회스러웠으리라. 하기야 울 어머니가 말씀하셨지. "애비야, 후회는 결코 앞 서는 법이 없단다."

잘 가세잉, 또 보세

그날이 그날인 사이로
터덜터덜 걸어 왔제
봄 쑥 올라오는 해마다 달래 냉이 솟는
밭뙈기에 목을 맨 거시 우덜 평생인게
무슨 영화(榮華)를 볼 거시라고
하늘이 노랗도록 들판에 엎디었다요
새끼들 멕이고, 입힐라고
허리 굽힌 세월이 남루하제
종만도 못한 행색, 어디 갈 염도 못했제
그날이 그날인 사이로
그냥저냥 산 우덜 맹추 같은 세월
이 강둑에서 펼쳐본 게 그렇네
"허구 헌날 해 봐야 그 야그가 그 야그라도
그 재미도 없으믄 어찌 산다요"
"쌀금이 똥값이여. 양파 농사도 그렇고 말여이"
무채색 들판에서 꿈꾸는 초록 세상이
무망해도 어쩌것는가
"잘 가세잉, 또 보세"

    함평천 대동저수지 근처에서 노인들은 자전거를 세워놓고 논두렁에 앉아 얘길 나누고 있었다. 해 저물어가는 들녘 그들의 대화는 길었지만, 시답잖은 일상사였다. 시름은 이야기를 감고 있었다. 나그네는 끼어들 틈도 없는 쓸쓸한 겨울 들판의 색깔이 더욱 건조했다. 그들은 일어서서 각자 집이 있는 마을 방향으로 자전거를 타고 갔다. 남도 천리 먼 길을 와 있다는 생각이 들자, 나도 강둑을 타고 땅거미를 피해 내달렸다.

섬진강 개나리, 우리 새끼

아직 배회하는 섬진강 겨울 속에 개나리 폈네
움직이는 노란 꽃, 어머나 예쁜 우리 새끼네
공 던지고 받는 품새 즈그 애비보단 백배 낫네
편안하게 몸 풀거라, 노란 네 몸에 공이 붙을 때까지

방망이를 들면 아랫배에 힘주거라
투수의 눈빛을 똑바로 되쏘아라
스트라이크만 있는 세상은 저세상이다
죽기 살기로 뛰면 살아 있을 거다
둘 다 쥐려다간 둘 다 날아간다
눈치 백단 도루에 맛 들이지 말거라
홈런의 환호는 만화책에나 자주 있다
꼭 찍어야 하는 휘스트, 뒷눈 달린 투수 지켜라
벌판에 선 외야수가 왜 고마운지 되새겨 봐라

네 힘껏 쫄지 말고 배트를 휘둘러라
까짓 리틀 야구 진다고 해서 기죽을 거 없다
군수님 트로피 못 받으면 니가 나중 군수님 하면 되지
죽고 못 사는 햄버거에 순창 고추장도 발라 먹어 봐라
할머니 손맛 닭백숙에 의성 마늘도 듬뿍 넣어 먹여주마

섬진강을 따라가다 순창 유등면 '섬진강 체육공원'에서 〈제3회 순창 군
수 배 전국유소년 야구대회〉를 만났다. 노란 유니폼이 섬진강 남쪽 매화
보다 일찍 핀 개나리다. 각지에서 98개 팀이나 왔다니 시골 소읍이 북적
거린다. 학부모들의 열기는 정작 소년 선수들보다 훨씬 뜨거워 보인다. 뛰
어난 야구선수도 저 속에서 나오겠지. 아니 이름나지 않아도 어떠랴. 야
구에도 인생이 있다는 걸 배우고, 뒤늦게야 '체·덕·지(體德知)'로 바로 선
세상에 올곧게 살면 되지. 순창 고추장 맛을 익혀가라. 컬링판을 흔드는
의성 마늘 맛도 알아가라. 마지막 남은 자연, 섬진강 은모래를 닮아가거
라. 까짓 지면 어떠랴.

섬진강2

낙화

꽃이 진다
꽃이 졌다
흔들던 바람에
눈물 닮은 봄비에
산천에도, 가설무대 위에도
꽃, 저 혼자 가 버렸다

작정하고 말게 없다
고거 견디지도 못한 건
울면 웃음거리다

눈물이 말라붙은
끈끈한 손바닥 감아
새봄의 허리춤을 잡는다
객쩍게 달라붙은 꽃 입술
스토커가 되었다

봄꽃이 제대로 피는 때를 맞추는 것은 힘든 일이다. 밤잠을 설치고 가야 하는 섬진강 아랫녘, 비가 내린다. '가는 날이 장날이다' 하필 한 주일쯤 빨리 펴 축제를 기다리는 사람들 애태우게 하는 쌍계사 벚꽃, 세찬 비 한 나절에 비루먹은 강아지 털처럼 성글다. 한두 방울 떨어지는 빗속에 지나 온 곡성 젊은 벚꽃 터널로 만족하고 만다. 눈 앞을 가리며 흘러내리는 빗물에 하동 꽃구경은 '날궂이'가 되었다. 낙화는 이제 애물단지. 지나가는 차창에 점점이 붙은 낙화, 내 몸에, 내 자전거 밑동에 찰싹 달라붙은 꽃잎. 밀려오는 한기 속에 "허~어 난감허네"

요천

이 봄 제 소원은

화창한 햇살에 이끌려 나왔지만
저는 눈이 부십니다
그저 계절만 화안하고
또 이내 봄날이 갑니다
진도 앞 바다 '세월호(世越號)'의 참사
이름처럼 무고한 생명들을
세상 저 건너편으로 데리고 가버렸습니다
아직 피기도 전인 꽃이 가는 봄날
잦아드는 바람에도 위태 위태합니다

이 봄 제 소원은 소박합니다
해도 쉬이 이루어질듯 꿈이 아닙니다
― 예쁜 여자를 우선 만나야 합니다
― 돈이 있어야 장가도 들게 아닙니까
― 변변한 직장도 없어 로또라도 꿈꾸지만
너무 흉보지 마셔요
이런 소원, 이런 꿈도 못 꾸면
이 봄 햇살에 실명할 지도 모르니까요
그래도 실망하기엔 봄이 너무 눈부셔요
이런 날 보배라 여기는 가족들이 있으니까요

세월호 참사로 제84회 춘향제도 속절없이 연기되었다. 그래도 광한루원과 요천 강변에는 사람들이 북적였다. 춘향과 이도령의 사랑 덕에 청사초롱은 축제의 날을 기다리며 걸렸다. 소원을 적은 이는 20대의 청년일 게다. 소원의 행간에는 슬픈 우리의 현실이 숨어 있다. 그나마 살아있으니 소원이라도, 꿈이라도 꾸어 보는 것 아니겠냐고 위안 삼아야 할까.

보성강

너, 겨울 강에 빠졌네

너, 거기서 얼어 버렸네
겨울 강에 퐁당 빠져서
희멀겋게 쑤다 만 풀죽
그래 한풀 죽었구먼

가만,
그래, 보름달 쏙 빼 닮았네
도도한 놈, 이제야 여드름도 보이네
얼어야 보이는 눈부신 낭패
곁도 안 주고 불타던 홍염
돌담 위에 걸린 그믐달 청승은 웬일이여

된서리 우에 얼어붙은 콧물
손 호호 불 힘마저 가지 끝에 걸려
옹송그리면서 내다보는 여울
빈 나무 걸터타고 발을 말리네
그래, 이제 좀 어른스러워질까나
설마 했던 얼음 새살 돋을 때까지는
그 얼음 다시 녹아 흐를 때까지는

　보성강은 장흥에서 발원하는 귀한 국가하천이다. 잘못 들어선 길에서 우연히 만나는 소중한 풍경, 곡성 '목사동천'이 그랬다. 살얼음이 언 시냇물, 미처 얼지 못한, 막 얼어가는 물의 고요에 겨울 해와 나목(裸木)이 가라앉아 있다. 벌거벗은 나무야 푸른 잎사귀와 낙엽이 돌고 도는 섭리라 그렇다 치고, 언제나 이글거리는 해가 달처럼 고요하다니 이 겨울에 갇혀, 세상 무서운 것 없는 소년이 풀죽은 모습이다. 이 사진은 거꾸로 봐야 제대로 된 카메라 앵글이 나온다.

두만강 철조망 앞에서

우리 땅 북녘에 서러운 안부를 묻네
하늘하고 내통한 구글 지도로 우리 땅 가늠하고
남의 나라 땅 밟고 서서, 우리 땅 물끄러미 보고
남의 나라 산길 덜컹덜컹 달리다 그냥 멈춰 서네
무서워, 허기져 우리 땅이라 부르지도 못하고.

눈 들어 다시 보니 남의 나라 땅도 우리 땅 간도, 만주였네
철조망에 걸린 변경(邊境)이 서러운 세월, 눈물자리일세
이름을 훑어낸 자리에 흐르는 도문강(圖們江),
두만강(豆滿江)은 만날 수 없네
누가 둘러댄 창씨 개명인가
산천이 다 자연법 따라 흐르는데
사람만 금도 아닌 금을 긋고 눈을 흘기고 있다니

고마웠네, 고마워
죽지 못해 건넌 두만강 너머에 함경도가 살아 있어서
송화강 그 언저리에 충청도, 경상도도
숨죽이고 살아 있어 줘서
조선 민족의 '민' 자를 빼앗긴 소수민족 '조선족'으로라도
부모도 가물가물한 기억 저편에 '가갸거겨'도 잊지 않고

변경의 가시철망 깔고 앉은 고고한 고원

터억 막아섰다 익은 몸 냄새 맡고 물러서는 너는 우리 땅

요 너머 마천령산맥,

거기 너머 개마고원 삼수갑산으로

조선 사람 하던 대로 춤추며 노래하며 같이 가보세. 어서

중국과 국경을 마주하며 흐르는 두만강만 해도 천이백 리 길이다. 백두산 가까이 가는 길, 저 작은 개울 건너가 북녘땅이다. 그냥 뛰어 건너도 물이 묻지 않을 거리, 중국 땅을 밟고 동해 두만강 하구 녹둔도 옛터에서 백두산 원시림 사이를 달려 본 고단함보다 밀려드는 이 목마름은 한민족이 느끼는 우리 한(恨)의 공통적 증세다. 자전거로는 아직 갈 수 없는 긴장의 변경이다. 나라가 변변치 못하면 내 땅을 앗겨도 어디 하소연할 곳조차 없다. 하여 부국강병은 우리 삶의 파수를 서는 가장 높은 봉우리에 있다. 안타깝다. 서럽다. 그래도 소망한다. 한반도의 통일을, 휘날리는 태극의 광휘를 백두산 꼭대기 흰 눈 위에서 맞고 싶다.

우리 몸과 심성에 아득히 유전되어온 풍경과 시편들

이경철(시인·문학평론가)

"국토 종주행 자전거를 타고 정서진에서 다대포까지 가봐야/쓰라린 물집을 터트리며 호남 들판 해남 땅끝까지 걸어봐야/이 땅이 코딱지만 하다고 감히 말하지 못 하리라/허벅지가 벌개지도록 페달을 젓고 저무는 강을 한번 보라/해원 상생의 주문이 왜 이 강가에서 방언처럼 터져 나오는지/사라진 목계장터가 왜 눈물겨운 누이의 댕기 맨 뒤태인지//달리다 지쳐 중앙탑 근처에 누워 고구려의 꿈도 읽어보자/우리가 가야 하는 강 마을의 희미한 이정표를 다시 보자/눈여겨보지 않는 한강둑길은 가시밭 차지가 되고 말 일이다" (「한강漢江이 한강恨江이 아니기 위하여」 부분)

한반도 가운데 위치한 경기도 여주를 관통하는 여강驪江을 자전거 타고 지나며 '국토종주자전거길'이란 부서진 이정표를 보고 사진으로 찍고 쓴 시다. 『풍경에게 말을 건네다』는 시인이자 여행작가이고 사진작가이기도 한 조용연씨가 위 시처럼 강 따라 자전거를 타고 국토를 누비며 보고 느낀 것을 시와 산문과 사진으로 담은 책이다.

'허벅지가 벌개지도록' 자전거 타고 걷는 온몸의 체험으로 찍고 쓴 사진과 시이기에 진술하다. 시와 사진 예술의 머리를 짜내고 고개 갸웃거리게 하는 전문적 깊이나 기교보다 온몸에서 나온 작품의 진술한 감동으로 독자들 가슴에 그냥 척척 안겨드는 책이다. 주마간산走馬看山식 풍경이 아니라 지금 우리네 삶과 사회와 반만년 역사, 그보다 더 아득한 인간과 자연의 그리움과 정체성을 둘러보게 하는 풍경 사진과 시편들이다.

"강을 따라 오래도록 달렸다. 두 바퀴로 달리며 강둑길에서 본 산하의 풍경은 늘 내게 말을 걸어왔다. 속으로만 응답하던 말을 이제사 꺼내 놓는다. 강은 '국토의 주름살'이다. 그 요철의 언덕이 산이고, 골짜기가 강이다. 강가에 어울려 사는 사람들의 이야기는 무심한 풍경이 되어 흐른다. 결코 잊을 수 없는 아픔까지도 짐짓 잊은 듯 무심을 가장하고 있는지도 모른다. 그 장엄한 풍광, 역사의 상처, 허술한 오늘까지 그 대화는 오래도록 나의 저장고에서 저온으로 익어왔다."

책머리에 실린 위 '시인의 말' 한 대목처럼 풍경에는 이 땅의 강과 산에서 살아왔고, 지금도 살아가고 있는 사람들의 이야기가 담겨있다. 그런 풍경이 건네는 이야기들을 가슴 속에 오래도록 삭이다 꺼내 놓았기에 곰삭은 맛과 멋이 있는 시며 사진들이다.

위 시 「한강漢江이 한강恨江이 아니기 위하여」처럼 풍경과 시와 사진에는 '한恨'이 실려있다. 우리와 우주 삼라만상의 아등바등한 삶에서 묻어날 수밖에 없는 한, 서러움이 묻어난다. 그 한을 푸는 해원解冤, 하여 모두모두 신나는 삶이 되게 하는 '상생相生'이 실려있다.

단군으로부터 반만년 이어온 홍익인간弘益人間과 접화군생接化群生이란 우리 민족 전통의 얼과 멋, 풍류風流가 오롯이 담겨있다. 그런 풍류 민족, 물처럼 바람처럼 흐르며 모든 생명 다 한 몸처럼 신명 나게 껴안는 홍익인간의 정체성, 그 이정표를 떼버리고 정체 없이 망가져 가는 오늘의 삶을 반성케도 한다.

그런가 하면 '눈물겨운 누이의 댕기 맨 뒤태' 같은 서정도 배어있다. 카메라 앵글을 맞추면 피사체도 바르르 떨리는 것처럼 살아있는 외로움, 마음들이 서로 공감하는 서정적 시와 사진들에 독자들도 "나 또한 그렇다"라며 즉물적으로 공감할 것이다.

"너의 손등이 그리 고운지 몰랐다/너의 속살이 보랏빛인 줄 정말 몰랐다/손가락 사이로 빠져나가는 그 바람 잡으려고/굵어진 손마디 시린 날 정말 몰랐다/날마다 애가 타 손짓하는 줄 그러려니 했다/너는 그저 날 때부터 하얀 머리이거니 했다"

갈대꽃 하얗게 핀 고부천변을 지나며 쓴 시 「갈대, 너를 몰랐다」 한 대목이다. 갈대를 '너'라고 의인화해 연인처럼 부르는 시적 자세가 서정이다. 서정의 제1원칙이 '너와 나는 하나'라는 동일성의 시학 아니던가. 갈대를 '너'라고 부르던 시인은 어느덧 그리움으로 하여 갈대와 한 몸이 돼가고 있다.

그러면서 가을을 맞아 온몸으로 그리움을 흔들고 있는 갈대의 속살까지 보고 있다. 그리움의 속살은 정결하고 설레는 보랏빛이라고. 가을 투명한 햇살과 바람에 드러난 그리움의 속살을 보고 있는 것이다. 그런 속살을 움켜쥐고 애무하려 애가 타게 손짓하지만, 그냥 손가락 사이로 빠져나가는 바람 같은 게 아니냐며 우리네 삶과 예술의 알파요 오메가인 그리움을 빼어난 서정으로 노래하고 있다.

"은회색 안개/은회색 비늘/은회색이 헤엄치던 내 우주의 절멸//나의 궁전/그 빛나던 시대/갈겨니 혼인婚姻색 닮은 꿈/이제야 눈을 뜬다//하늘이 내 고향하고 참도 닮았다//맑아서 시린 아침 사립문 앞/동무해 가자고/하마 채근하던 가을 꽃 단풍"

사진과 함께 실린 시인의 산문에 따르면, 아침 물안개 피어오르는 충주호와 그물을 건져 올리는 작은 배 한 척 풍경에 느낌이 닿아 쓴 시 「꽃 단풍 건너 저편으로」 한 대목이다. 그 맑은 충주호에 사는 토종물고기가 갈겨니. 갈겨니는 제 수명이 다해갈 즈음에 연노랑이 깔린 혼인색으로 화장하고. 짝을 짓고 세상을 떠난단다.

그런 갈겨니 일생과 하나가 돼가고 있는 시다. 우리도 은회색으로 빛나던 시절이 분명 있었다. 무지개 잡으러 산 넘고 강 건너는, 빛나던 청춘시대가 누구에나 다 있었다. 그러나 그것은 한낮 무지갯빛 꿈이었음을 가을 나이 들어 다들 실감했을 것이다.

그런데도 이 가을은 또 뭐라, 가을 꽃 단풍 들어 무지개 잡으러 가자 채근하는가. 충주호 물길 백 리 골골이 단풍 들어 환한 빛살 물살 어우러지며 무지갯빛 꿈과 과오 다시 불러일으키고 있는 것인가고 환장하게 묻고 있는 서정 어린 시와 사진도 싣고 있다.

"가물가물 눈이 풀린 봄날 언저리/반색하는 초록 카펫 아직 낯선 길목/간지르는 붓질에 기댄 우리 둘/봄볕에 휘져 녹는 아지랑이 속살//같

은 색깔 두 바퀴 우리 귀 하여 네 바퀴/줌인, 줌 아웃 수평이 안 맞았
네/같이 앉아 따로 보고 들어도 좋아/언덕도 우리처럼 기울어서 아롱
아롱"

만경강을 건너 고창 청보리밭을 지나며 쓴 시 「우리 둘, 청보리밭에서」
부분이다. 타고 온 쌍둥이 같은 자전거 두 대를 세워놓고 청보리밭에 앉
아있는 연인의 뒷모습 사진도 실었다.

"사랑한다는 것은 한 곳을 향해 걸어가는 것이다. 하지만 때로 제각각
의 사진을 찍고 있을 수도 있다. 각기 찍은 사진이라도 색깔만 같으면
된다. 커플룩을 하여도 스멀스멀 일어나는 불안, 그게 사랑의 또 다른
형질이다. 불안의 씨는 밟아도 밟아도 자라는 보리싹일지도 모른다.
걱정할 것 없다. 누렇게 바래고 나면 다 구수해지니까."

그러면서 위 같은 산문으로 체험이 밴 사랑 철학을 보리에 견주어 말
하고 있다. 그런 사진과 산문을 시화詩化한 것이 「우리 둘, 청보리밭에서」
다. 아무리 사랑한다 하더라도 너와 나 틈은 있게 마련이다. 그 틈새에서
한이 우러나고 시가 나온다. 너와 나 아롱아롱 기울어진 균형을 인정하고
보듬는 게 우리네 신명 난 삶이고 사랑이고 풍류 아니겠는가.

"아버지 백 리 안쪽 떠돌던 장터걸에/난전이 선 자리를 허리 졸라가
는 중천/곱삶이 푸성귀 함께 양을 불려 비빈다//헌 지붕 터진 하늘 낙
수 지는 처마 밑에/눈물 반 빗물 섞어 들다 마는 찬밥 한 술/허기를 동
무하다 만 내 새끼들 울던 뺨//해봐야 평 반 평상 우리 식솔 한 묶음

이/저릿한 다리 펴고 올라앉은 허리 누각/가뭇한 된설움 긁어 고봉
담아낸 이 밥상"

한강 수계 거의 종점 문산천을 지나며 본, 작은 트럭 탑차를 열어젖히
고 온 가족이 먹는 밥상을 소재로 쓴 「트럭 위의 밥상」 전문이다. "그 따
뜻한 풍경에서 왜 장돌림으로 떠돌던 우리 아버지 세대의 배고픔이 오버
랩" 되었냐며 찍고 쓴 시다.

이 시는 책에 실린 다른 자유시와는 달리 시조다. 3,4,3,4 하는 음절과
음보에 맞춰 3장, 6구, 45자 내외의 정형定型의 단수 기본에 맞춰 사설시
조, 연시조 등으로 확장되며 지금도 널리 창작되고 읽히고 있는 우리 민족
전통의 정형시다. 그러므로 시조에는 민족의 얼과 멋과 맛이 배어있다.

위 시에도 민족의 애환과 풍류를 장돌뱅이 아버지 세대 삶으로 그대로,
아니 고봉으로 드러내고 있지 않은가. 세 수로 된 이 연시조에서 시인은
정형과 우리 민족의 정체성에 맞춰 시적 기량을 한껏 뽐내고 있다.

"겹겹이 쳐진 철책을 어깨동무하고 온 물/아무도 제지하지 않는 월경
자, 저 강은 늘 그렇다/칸칸이 막아놓은 물에 호수라 이름 붙이고/인
간을, 문학을, 창작을, 놀이를 말하는 풍경을/저 강은 알고 있다"

철책을 겹겹이 두른 접경지역 북한강을 달리며 쓴 시 「저 강은 알고 있
다」 부분이다. 철책이 쳐져있더라도 강물은 어깨동무하고 북에서 남으로
흐르는데 왜 자전거 길은 막혀있느냐는 것이다. 이런 분단 현실에서 한가
로이 물놀이하고 음풍농월吟風弄月의 시를 짓겠느냐는, 지금 우리의 현실
의식이 밴 시와 사진들도 많이 실려 있다.

"서울이 항구여서 설렌 지도 오래다/큰 바다로 갔다 온 배가 동무한 바다를 듣고 싶다/서울이 항구일 때 서울은 넉넉한 기항지가 된다/서울은 항구일 때 다시 럭키 서울이 된다/아무도 서울을 항구라 불러주지 않지만/아직도, '서울은 항구다'"

김포와 인천을 오가는 아라뱃길을 달리며 쓴 시 「서울은 항구다」 부분이다. 지금은 그 뱃길로 한강 유람선만 오고 가지만 옛날 한강은 그렇지 않았다. 조선시대 전국 팔도는 물론 중국과 일본 등지에서 인구와 물산들이 몰리던 항구였음을 광흥창 등 마포 인근의 지명들이 증명하고 있다.

북한강 남한강 강물을 타고, 아니면 서해안 바다를 타고 삼남과 저 북녘의 평안도 등지로 드나들던 항구였다. 그런데 분단 등의 현실로 그런 항구 역할을 못 하고 있다는 현실 의식을 드러낸 시다. 그러면서 김포, 인천 공항의 하늘길과 함께 서울 뱃길이 열린 항구가 되어야 '럭키 서울이 된다'는 전망도 밝히고 있는 시다.

이처럼 『풍경에게 말을 건네다』에는 우리 체질과 심성에 반만년 새겨져 유전되어온 풍경과 사진 그리고 시편들이 모여 있다. 그래, 인터넷으로 세계가 실시간으로 이어지는 이 신유목 시대, 그리고 생성형 인공지능이 인간의 정체성마저 혼란에 빠뜨리는 이 최첨단 문명시대, 우리 민족과 인간의 정체성을 다시 둘러보게 하고 있다. 조용연 시인이 우리 국토 곳곳을 누빈 체험에서 우러난 속 깊고 따뜻한 서정과 앵글의 진솔함이 독자들의 가슴속에 그대로 꽂히는 책이 『풍경에게 말을 건네다』이다.